霧，鎖港了

何郡詩集 2012-2018

推薦序　一座隨時噴發的活火山

每次與詩人何郡談詩話舊，在提及他的創作過程時，我總要這樣譬喻，他的詩人特質就如一座火山，一座隨時噴發的活火山。這時候，我就具有兩種身分，首先，我們是長期為詩歌爭取尊嚴地位的戰友，歷經過戒嚴時期的恐怖餘威，吃過這方面的苦頭，自然很清楚在他詩歌中的激揚之情，更明白時代為他烙下的印記。其次，我還必須擔任地質考察者的任務，紀錄其岩漿如詩是如何憤怒爆出的，包括覆蓋在地面上的火山灰，那些狀似安靜卻不安的落塵，我都要仔細拍照存證，以便將來撰寫序文之用。

因此，當他的詩集《霧，鎖港了》即將出版，要我為其作序自是欣然應允，我恰巧可以寫點有用的文字來介紹他，讓我有機會對其詩歌風格做些敘述。

幸好，我多年來的努力沒有白費，沒有因於我的疏忽而徒勞一場。我不同意何郡的自謙說法，他經常說自己寫詩的技巧不高，遣詞用字方面顯得粗糙，缺少精緻和唯美情調，讓他的詩歌失去了光彩。

不過，我則持不同看法，乍看下，他的詩歌的確直白奔放，與臺灣主流派的詩風大相徑庭，說遠一點，這種詩作不可能進入各大文學獎評審的視野中。事實上，從他的整體風格來看，這都是無關宏旨，尤其後者前仆後繼的誘惑，他似乎早已把它拋到腦後了。

在我看來，他的直抒胸臆作詩，就是他的詩歌方法論，不論是他本人意識到，或者無意識的慨然成詩，這就是詩人整體生命的展現。

換言之，他與撰史的歷史學家不同，不出突顯自己獨特的融貫性和結構，進入史料的構成和論證，並不因為了吸引讀者的閱讀，而刻意寫得有趣，在吟咏詩歌的中途上，刻意安排繞彎和折返。相反地，他像是奔騰的溪水一樣，既然衝出諸種禁錮，就要奔流而出順流而下，直到山谷和平原的彼方。而這才是屬於何郡詩歌的精神價值，屬於其詩歌生涯的獨特印記。

若撇開寫作技法的成見，細心的讀者同樣可以發現，他總是以最強的音量來表達他的政治觀察，不畏強權的立場，勇於挑戰禁忌的異端精神。他從不隱匿自己的立場，迎向危險的處境。例如，他聲援「香港雨傘革命」的詩作皆然，甚至不惜捨棄華麗的詞彙，用吶喊的激情以接續那被壓抑的正直之聲。這也許是政治抒情詩所要付出的代價，但是依我看來，他卻甘之如飴，欣然地迎向每一場暴風雨，在摧折意志之中顯示自身。

在臺灣，像何郡這樣的反體制的詩人，已經快要瀕臨絕種了，我們可能無力進行搶救復育，卻可以盡其所有應援和支持。我正是秉持這樣的信念，答應為何郡的詩集作序，今後他將陸續出版和詩集散文集，而我必定發揮置入行銷的行動，每部作品都由我來寫序，藉此透露詩人的危險與榮光。

邱振瑞　寫於二〇一九年一月二十四日，臺北陋居

序詩　黎明之鳥

每天，你與清晨
同時醒來
用最悅耳的歌聲
喚醒黎明

沉睡的
就讓他繼續
清醒的
早就起身

二〇一八年六月二十日，新北

CONTENTS

輯二　革命山頭

輯四　坐高鐵南下

輯五　你說，冬天的幸福

輯一

霧，鎖港了

霧，鎖港了*

霧，鎖港了
街頭充斥當權者催淚瓦斯、長棍與盾牌
人民在街頭悲嚎，抱頭逃竄

霧，鎖港了
獨裁者曾信誓旦旦說過五十年不變
如今卻大剌剌伸入民主殿堂，扼殺民意

霧，鎖港了
街頭架起一層層柵欄
把前進人民團團包圍

霧，鎖港了
人民看不到民主的春天
只看見一層層黑霧籠罩

二〇一四年九月三十日，台北

※注：雨傘革命（英語：Umbrella Revolution），又稱雨傘運動是指於二〇一四年九月二十六日至十二月十五日在香港發生的一系列爭取真普選的公民抗命運動。示威者自發佔據多個主要幹道進行靜坐及遊行。運動的主要象徵是黃色的雨傘，源於示威者面對警方以胡椒噴霧驅散時使用雨傘抵擋，媒體因而稱此運動為「雨傘革命」或「雨傘運動」。

假髮

你到處揭人瘡疤隱私
是一生最得意的職志
你後半生
擁有最大隱私是頭戴假髮
不容許別人知道
竭盡所能去捍衛

那天你在法院前
突被人公然掀開
露出光溜溜的禿頭
頓時不知所措
引你極為憤怒
而嚎啕痛哭

這島嶼許多政客擁有假髮
遇到什麼場合就戴上

終究有一天
在公平正義陽光下
他們都會被公然掀開
一切醜態，無所遁形

二〇一一年十二月十二日，台北

放天燈

在天燈上
我們書寫
滿滿祈福
點燃聖火
讓天燈
灌滿元氣

然後
逐一放手
仰望它冉冉升空
它拖曳熊熊火光
越飛越高
越來越遠

最後
消失墨黑天際
我們飽含幸福淚光，手牽手回家

二〇一二年十一月三日，新北／金山

洞里薩河

這似乎不太可能澄清的河水
如同你們命運
如此朦朧，如此渾濁

小小年紀
身上纏繞如手腕般蟒蛇
一臉無助望向遊客

你們母親右手懷抱幼弟
朝上左掌佈滿龜裂皺紋
渴望遊客能多施給財物

這似乎不太可能澄淨的河水
翻滾而來而去
破舊小舟也隨波蕩漾

這渾濁河水，何時才能澄清
就如你們命運何時才能脫困
迎向那碧綠藍天，朝向那清澈河水

二〇一二年六月二十九日，柬埔寨／洞里薩河

雨淚

眼前落地窗
不忍離去的雨淚
等待春陽來撫慰

越來越模糊的窗牆
讓你無法看見
眼前一切風景

被雨淚哭滿的窗牆
驀然傾斜
把你擊沉在茫茫雨海

二〇一二年三月十四日，北京

進塔

出寶塔前
向地藏王菩薩辭謝
外面有猛烈陽光
撐起黑傘
一路呼喊您——
「阿爸，上車了！阿爸，下車了！」

到了家族墓前
陽光已失溫
收起黑傘
您就不必害怕
今吉日良時
您就要進塔
與歷代祖先在一起

您看——
左有青龍
右有白虎來護衛
前有朱雀
後有玄武來護持
您就放下世間一切紛擾
在此安息吧
阿爸！

二〇一二年十一月三日，新北／金山

寂寞是一座山頭

寂寞是一座山頭
從來不變換姿勢
你看，雲霧來了
不打招呼就離去

二〇一三年十一月十四日，新北

故鄉的月*

故鄉的月
這八年
已被馬爺們烏雲罩頂
八月中秋
我們無心賞月
我們無心吃月餅
我們無心剝柚子

故鄉的月
這八年
已被馬爺們黑雲遮掩
八月中秋
故鄉的月
何時才能戳破馬爺們烏雲？

二〇一三年九月十八日，中秋／新北

※注：馬爺們是指執政黨馬政府團隊無能政務官

尋風啟事

風啊
你無家可歸

風啊
你到處流浪
一躍入叢林
就不見蹤影

風啊
你居無定所

風啊
你到處漂泊
一接近城市
就隱匿街巷

風啊
我到處找你

到處貼滿「尋風啟事」
風啊
你到底住在哪裡？
而你總以笑聲回答：「天上天下皆我家！」

二〇一三年十一月十八日，新北

記憶之匣

記憶之匣
複製昨日與今日

遙遠傷痕並沒有走出
正義仍被邪惡持續霸凌

暗夜總企盼光明
光明卻沉溺黑暗

折翼青春已無法返航
還有幾人堅持當初信念？

那日夜奔波的浪潮
是我遠去的潮聲

二〇一三年十二月三日，新北

窗外海水正藍

（一）

列車駛過
我們見面錯過
人生太短
我們夢想太長
愛情太短
我們思念太長

（二）

不斷躍起
不斷翻跟斗是那群蛙
試圖吞盡所有蚊蚋
在搖晃荷葉之間

奮力演出

土地天天喊渴
窗外海水正藍
你從巨浪裡回來
叉獲二尾魚
一尾給體弱小貓
一尾給年邁母親

二〇一三年十一月二十九日，綠島

詩人的春夏秋冬

春天，你溺愛了詩人，
任他遊戲六十年！
夏天，你放縱了詩人，
讓他漂流八千里！
秋天，你綁架了詩人，
贈他白髮五千丈！
冬天，你釋放了詩人，
讚他寫詩三千首！

二〇一三年十一月三日，新北

捷運上

捷運上
大家都低頭
彼此不互看一眼
你滑你的手機
他玩他的手機
我讀我的手機
低頭不是思故鄉
故鄉都在手機裡
即使坐在一起
彼此如隔萬重山

二〇一四年十一月二十二日，新北

在雨中

在雨中
我們佇足
看雨水如何私奔歡呼
就這樣
一去不復返
如那無疾而終愛情

在雨中
在傘下
傾聽雨聲網住悠悠往事
我們還有機會在一起嗎？
這雨還會牢牢網住我們嗎？
這雨停了會立刻拆散我們嗎？

二〇一四年五月六日，新北

流浪的雲

（一）

流浪的雲
快馬加鞭的雲
是風在後一路驅使
雲不是沒有家嗎？
是誰心胸這麼開闊？
讓雲在無邊天空遨遊

（二）

沒有國界
一生飄泊，到處為家

天生瀟灑
不留身影，到處流浪
流浪的雲
沒有住所，到處漂泊
流浪的雲
偶然相聚，偶然離別

二〇一四年五月二十八日，新北

獻給故鄉的貼心話

我美麗的故鄉喲！
哺育我的母親喲！
嘉義！嘉義！
我終於回來了！
回到你溫暖的懷抱！
讓我把你緊緊擁抱！

二〇一四年十月二十四日，南下嘉義高鐵上

反登陸樁*

朝你腹部的反登陸樁
鏽了，鏽了，鏽了
鏽在歲月波濤裡
蝕在親情呼喚裡

雖然你現在壯大了
依然羈押人民思想
依然禁錮民主腳步
依然拒絕人民自由

朝你腹部反登陸樁
鏽了，鏽了，鏽了
鏽在一心想回歸的爺們
蝕在滿天星斗的將軍族

二〇一四年十月十二日，金門

※注：「反登陸樁」亦稱：「軌條砦」（砦，音義同「寨」），為金門海濱軍事阻絕措施，又稱為「反登陸樁」。軌條以四十五度斜角，置於混凝土方，沿海岸線佈防，目的防止漲潮時，對岸中國船隻靠岸登陸。

垂頭喪氣的馬

一匹
孤伶伶
垂頭喪氣的馬
漸漸走向悲涼的黃昏

歷史潮水
逐漸淹沒
牠高瘦無能的身軀
已然被捆在中國馬廄裡

二〇一四年九月十三日，台北

我們都在吃餿水

以前，豬吃餿水
現在，我們也在吃餿水
豬天天吃餿水
我們也天天吃餿水

是誰用餿水煉油賣給我們？
是那黑心的商人
是誰讓我們天天吃餿水？
是那腐敗無能的執政黨

二〇一四年九月八日，新北

高雄氣爆

剎那之間
被炸翻的土地
這裡在燃燒
那裡在燃燒
到處在燃燒

一夜之間
整座城市都在喊痛
每一條神經都痙攣
這城市被嚴重灼傷
必須全面植皮與更換血管

二〇一四年七月三十一日，深夜高雄氣爆

寺前，一朵蓮花

寺前
一朵蓮花
悄然綻開

老僧不知道
比丘不知道
比丘尼不知道

這盛開的蓮
被一隻路過的蝴蝶
吸引

而我如蝶挨近一看
牠在花瓣裡
涅槃多日

隱約聽到——
色即是空
空即是色

二〇一四年七月二十九日，新北

雷在附近

雷在附近
因閃電不遠

天地朦朧
因正義不彰

暴雨未歇
因昏君在昏睡

雷隱雨停
因天地綻放光明

二〇一四年八月十六日，台北

海鳥

你縱橫一次
海洋
為你獻禮一次
你傾斜一次
世界
為你翻轉一次
總有溫暖角落
等你
一個遮風蔽雨的家

二〇一四年二月二十八日，宜蘭／南方澳

晨醒

晨醒
被一場暴雨喚醒
窗玻璃
遺留暴雨肆虐痕跡

暴雨
隔離內外冷暖世界
有人撐傘
踩踏水花款款而來

而我
在這場暴雨中
置身度外
直呼幸福

二〇一四年七月三十一日，新北／亞東醫院健檢

風，何故亂翻書

風，何故亂翻書
難道也想看書？

風，讓枝頭笑嘻嘻
難道摸到樹的癢處？

風，在水面優游滑水
難道要撫平湖水皺紋

風不知從何而來
也不知從何而去

風，到處流浪
只有白雲最清楚

你問，風從哪裡來？

我說，風從心中來
看不見風的身影
卻常見它出沒悲苦人間

二〇一四年七月二十二日，新北／中度颱風「麥德姆」襲台前夕

晨雨

晨雨
躡手躡腳
在窗前停了下來

晨光
直闖床前
喚醒中年男子起床

晨鳥
在陽台垂頭低唱
在尋找食物

炎夏如火爐
萬家冷氣機
整天都在排汗

攝氏三十七度
你躲在冷氣房裡
看鬼片消暑

二〇一四年七月八日，新北

公園裡的元宵燈

團聚的燈
闌珊的光
依偎取暖

冷雨天天探訪
路燈為它落淚
群樹為它撐傘

不遠處轉角
那盞最明亮燈火
是你溫暖所在

你說，公園裡燈籠
過了今晚
明天將解散

二〇一四年二月十日，新北／土城

苦悶的河

苦悶的河
憂鬱的河
不安的河
你如何找到光明出口？

生活這麼艱難
社會這麼混亂
當權者這麼腐敗無能
你如何安抵幸福彼岸？

二〇一四年六月十八日，新北／板橋／浮洲橋

生活的風

生活的風
是飄搖
白天與黑夜的風

生活的風
是奔波
人間與地獄的風

生活的風
是咬緊牙根
不敢吭聲的風

生活的風
是從河域漂流
到海峽的風

生活的風
是從早到晚
緊盯手機的風

生活的風
是日夜奔波
不敢回望的風

二〇一四年三月八日，新北

冬至之晨

冰冷寂靜冬至之晨
隱約聽見曲折水流
溜滑水管告別之聲
彷彿生命悄然流逝

驀然驚醒
發現滿桌湯圓圍坐之姿
如萬顆眼球瞪我——
「所剩日子無多，還不趕快努力！」

二〇一四年十二月二十二日，新北／冬至

點燃火把

陽光照顧不到角落
黑暗總是偷襲霸佔
請多接近有光所在
溫暖就會立即實現
若你馬上點燃火把
黑暗立即逃離現場

二〇一四年十月十四日，新北

熾烈青春

熾烈青春
要猛烈燃燒
即使僅剩一些灰燼
也要養護一些花草
並撒在故鄉土地

奔騰青春
要轟轟烈烈
即使僅剩一枝筆
也要書寫台灣心聲
讓世界都看見

二〇一四年四月十四日，基隆

影子

陽光下
你無所遁形
一走入黑暗
就找不到自己

二〇一四年十月十一日，新北

風中之淚

風中之淚
誰也吹不乾
洶湧淚水
把眼前癱瘓

空中之淚
誰也擋不住
猛烈風雨
誰也無法計量

二〇一四年五月二十二日，新北／土城

木雕菩薩

刀斧落盡
最後一種姿勢
成為永恆

你低頭沉思
就讓你永遠
沉思

你拈花微笑
就讓你永遠
微笑

屆時
歲月會喚醒你
你又再度復活

二〇一四年七月二十二日，新北

太陽花

——寫給「反黑箱服貿」太陽花學運的學生

看你們在暴風雨中
似乎搖搖欲墜
但你們以堅強意志
抓緊故鄉土地

你們要全力擺脫
馬政權一味傾中
用激烈青春捍衛台灣
守護台灣未來幸福

二〇一四年三月二十二日，台北

昨日雨水

昨日雨水
淪落何方而無法探究

寂光與烈焰
形同水火既濟

逆風高飛的你
要勇於挑戰風雨

滿天群蟻飛舞
預告大雨將臨

風是雲永遠親密戰友
沒有風，雲將失去名義

努力植下幾畝荷田
只為幾畝荷風與浮光

瀑布拚命俯衝而下
想要搏取滿山回音

天空深藍到沒有雜念
大海深藍到根深蒂固

沒有大國應有的風度
只適合躲在冰封世界

你野蠻的一帶一路
我只好繞走幾條路

二〇一四年二月二十一日，台北／龍山寺前廣場

緣起緣滅

從斷崖一線天
看到天涯海角
那揚起波濤與下沉海浪
是天地間來回吟唱的聖歌

有人歸來
有人遠行
都是緣起緣滅
你不須太過傷悲或快樂

二〇一四年三月六日，新北

海邊野草

海邊野草
隨海風起舞
活在貧瘠土地
已習慣惡劣環境

從不渴求任何養分
大自然風雨是最佳肥料
只求一生安穩
最怕粗暴的你
把我連根拔起

二〇一四年三月十一日，宜蘭／南方澳

魚的世界

魚的世界
沒有語言，只有優游

魚的話語
互吐氣泡，彼此問候

浮出水面
只為呼吸，不是探望

無論日夜
水中景象，皆是故鄉

二〇一四年一月三日，新北／土城觀音寺

你的氣球
——夜讀陳明成《陳映真現象》有感而發

你的氣球
遲早會萎縮
更不堪
歷史明察之針戳破

你老早
就高舉統一旗幟
狂奔獨裁者懷抱
在北京享受榮華富貴

既然
這麼死心塌地愛它
若你病故
就埋在它廣闊土地

而我們依然堅持
與貧苦的母親
一起同甘苦
一起共患難

二〇一四年一月九日，報載統派小說家陳映真在北京養病

傾斜

（一）

傾斜的你
傾斜的島
把人民都傾斜了
隨來糾正傾斜的你
誰來扶住傾斜的島
讓我們用選票推翻傾斜的你

（二）

誰來拯救
這越來越傾斜的島嶼
不思改革前進的執政黨
最後被人民以選票推翻

而它依然不知反省悔改
繼續沉淪，繼續腐敗

誰來拯救
這越來越傾中的島嶼
被蹂躪體無完膚的土地
人民沒有尊嚴苟活
我們要覺醒！我們要奮起！
把不公不義徹底推翻！

二〇一四年十二月十七日，台灣九合一地方選舉

我是低調的星

我是低調的星
一顆平凡的星
只要你願舉頭看我
我就回饋謙卑微笑

我是垂釣的星
不慎墜落星河
沒有喊叫
只有喊亮

二〇一四年十一月十七日，嘉義／梅山

發呆亭*

你在發呆亭
整天發呆
看街上人來人往

頭頂重物的婦女
眼看前方
經過發呆亭從不停留

你在發呆亭
整日發呆
看光影從身邊緩緩消失

發呆亭
是男人專利所在
連光影也不敢入內逗留

你不呆
卻整天在發呆亭
發呆、發呆、發呆……

二〇一四年三月十五日，印尼／峇里島

※注：巴里島男人如生在天堂；女人如生在地獄。女人通常要做很多粗重工作。沿途看許多遊手好閒的男子，都坐在路邊的樹下或臨時簡單搭起的崗亭呆坐或發呆或找人聊天。慵懶地度過一天時間。

對你懸念

離別容易相見難
有一種說不出的苦
一直擱在天涯
那就是看不見的思念

說你羽翼已豐
說你已夠堅強
但對你懸念
依舊到生死

二〇一四年四月二十七日，新北

孤獨國

（一）

孤獨國
是詩人的名號
從此
島嶼不再有孤獨者

孤獨國
是詩人的專利
從此
街角浮現他孤獨影子

（二）

青春驟逝
往昔貪嗔痴要懺悔
你總在我前面奮進
而我依然躊躇不前

孤獨國詩人早已涅槃
至今牆角仍有人憑弔
你抒情早已超越那年傳說
沒有人能複製他當年孤獨

二〇一四年五月十三日，台北

野鳥

沒有國界
沒有圍籬
沒有牢籠

天空是飛翔的土地
展翅是迎向更多風景
自由是大自然賜給禮物

二〇一四年四月二十八日，新北

海啊，你這巨大提琴

海啊，你這巨大提琴
每天放送起伏心情
每天吶喊飛越青春
時時搖旗吶喊，從不投降

海啊，你這巨大提琴
是誰把你切割海平線
一半給天涯
一半在海角

海啊，你與天空
相看兩不厭
不叛變的藍
一路追隨

海啊，你這巨大提琴
每天不斷翻閱藍色詩篇
時時清醒歌唱
不讓弦樂戛然而止

海啊，你這巨大提琴
每天傳達心聲
獻給海岸最美麗吻別
每次輪迴是再次新生

二〇一四年八月二十九日，新北

吃肉粽與寫詩之際

四十年前
千讀百遍你《石室之死亡》
仍敲鑿不開
如鋼鐵冷澀《魔歌》

四十年後
經過兩岸《因為風的緣故》
你被漂白成一棵高大《漂木》
回歸現今明朗《如此歲月》

四十年後今天
在吃肉粽與寫詩之際
恍然驚覺，你誤導我們足足四十年
一個無法奪回《時間之傷》

二〇一四年五月三十日，新北／端午節想起一位老詩人

爭吵

晨雨淅淅瀝瀝
在窗前浪板上傾訴
有幾人認真傾聽？
能多睡幾分鐘那該多好
最好此刻鬧鐘是啞巴

昨夜子時的爭吵
是為了汰換舊電視
整條安靜的小巷
全是你們夫妻不理性對話

晨雨淅瀝淅瀝
在門前浪板上細訴
妳依舊準時起床
刷牙、洗臉、化妝

默默穿上雨衣
騎車出發上班

爭吵後
有一段時間彼此不說話
是結婚至今未曾的約定
「今晚要不要回家吃晚飯？」
妳溫婉問候
會暫時消失幾天

彼此靜默幾日
是療癒爭吵後最好藥帖
而晨雨終究會停歇
而爭執終究會釋懷
而和解終究會展開

二〇一四年七月二十日，新北／土城

鏡子

相見如孿生兄弟
彼此相見如冰
雖長得一模一樣
卻無法瞭解彼此心事
你永遠那麼冷靜
反映我一舉一動

你常常發呆
時時鑑賞自己
忠於自己
從不改變初衷
愛惜自己
從不裂解自己

二〇一四年二月八日，新北

那晚，你們被黑暗擄走

（一）

那晚
你們被黑暗擄走
廣場留下一灘灘年輕的熱血
還有六月那冷冷北風
從此，你們音訊全無

雖然獨裁者在世界快速竄起
悲苦人民仍然無法感受
它無遠弗屆的強大
依然感覺
如置身冰天雪地的國度

（二）

隔鄰那野蠻的暴發戶
一天到晚到世界各地炫耀
他「一帶一路」
可為每個國家帶來經濟繁榮

一天到晚
慫恿我們把所有兒女
統統歸他去教養
也要發給我們居留證

後來我們發覺
他不准自己的孩子
寫臉書
上教堂
去集會
去遊行
去投票

二〇一四年六月四日，新北

時光匆匆掠過

時光匆匆掠過
人生風景大半已過
越過命運紅綠燈
看淡了，放下了

看浪潮來回奔波
獻給海神的濤聲是梵音
祢不居輝煌大廟
老早就在千里煙波裡

二〇一四年四月十六日，印尼／峇里島／海神廟

停下腳步

為一朵花而停下腳步
為一朵雲而停下腳步
為一棵樹而停下腳步
為一片海而停下腳步
為一個人而停下腳步

希望你不要視而不見
只要你願意停下腳步
欣賞周邊最美麗風景
它就會不斷呈現眼前
它就會一直常駐心裡

二〇一四年五月十八日，台北

從任何角度*

從任何角度
仰望你
你總是靜默禪坐

滄桑容顏
時時俯瞰
我們行住坐臥

二〇一四年六月十三日，嘉義／阿里山鄉

※注：「戴帽山」是當地人俗稱，此山位於嘉義縣與雲林縣交界的阿里山鄉內。

河是長長的鏡子

（一）

天空有流浪的雲
地面有流動的河
河是長長的鏡子
常挽雲攬鏡自照

是誰撩撥河憂鬱的皺紋？
使它發出一陣陣哀愁
我在河畔守候三千年
等候飄泊的你歸來

（二）

天上光影
餵食人間的河
流浪的雲
親吻河的顏面

世間萬物皆無常
眾人皆醉喚不醒
請停下匆忙腳步
坐看天邊幾朵雲彩

二〇一四年一月二十六日，新北

光明探索黑暗

眼睛追尋光明，
光明探索黑暗。
誰在光明裡丟失黑暗？
誰在黑暗裡找到光明？

二〇一四年六月二十四日，台北

輯二

革命山頭

革命山頭

我們始終浪費太多房事
始終衝不出一條生路
而黑夜太長
而黎明太短
革命山頭尚未攻陷
街頭巷尾已躺一堆醉漢

二〇一五年九月三十日，台北

一夜狂風暴雨

（一）

一夜狂風暴雨
門窗遺留風雨抓痕
整夜夢境顛倒
醒來皆不記得

美夢難成真
噩夢使人驚醒
是誰橫掃枝頭最後秋葉？
啊，肯定是那野蠻東風

（二）

被暴雨困住
在城市一個齷齪角落
暫時停下匆忙腳步
仰望天空沉思

被暴雨攔截
在城市一個髒亂角落
這暴雨不會肆虐很久
你將繼續奮力前行

二〇一四年七月二十六日，新北

為黃昏乾杯

為黃昏乾杯
一口氣把紅紅落日吞下
當我轉身
黑幕隨後撒下羅網
我無法留住你
直墜大海決心
我只能哭送你
消失在那堵失彩黑牆
什麼時候？
返還我一個失蹤的黎明

二〇一四年八月四日，新北

跳舞的雨滴

跳舞的雨滴
演奏的雨水
一落入凡間
便低聲下去了

陽光乍現
山被折疊在湖面
暗夜降臨
統統被收納在湖底

白天
你沒任何心事
夜半
何以濃烈相思襲來

二〇一四年八月十二日，新北

苦難年代

苦難年代
不書寫浪漫詩歌
苦難歲月
不謳歌風花雪月

誓言作正義詩人
勇於批判當權者腐敗無能
誓言捍衛土地與人民
反抗獨裁者野蠻打壓

二〇一四年八月二十七日，新北

遠去回憶

遠去回憶
如遠去潮水
海平線彼端
翻滾著思念

片斷回憶
如夢裡殘夢
思念的淚
是飛奔的星

二〇一四年十月十四日，新北

惡夢與美夢

惡夢
使人驚醒
美夢
讓人沉睡

清楚的夢
最靠近黎明
渾沌的夢
才剛剛入睡

惡夢
讓人整天不安
不斷思考因果

美夢
一起床就忘記
沒有任何罣礙

二〇一四年十月十六日，新北

因有光明

你說，最怕天黑
因世間所有醜陋被遮掩
我說，不要害怕
因有光明所有邪惡遁形

二〇一四年十月十八日，新北

雨聲

（一）

由天而降是天語，
話盡人間皆悲涼。
千年淅瀝聲未改，
誰來扣問雨歇沒？

（二）

你訴說一整夜
誰聽？
由上而下皆是天語
相信此時，唯我傾聽
在舒緩悠揚節奏裡
自自然然睏去

如一尾千年大魚
擱淺在幸福海岸

（三）

整夜傾訴的雨
如一生勞苦母親
殷切叮嚀
勿忘先賢墾荒土地艱辛

細訴整夜的雨
愁困這悲情城市
還有多少人仍未甦醒過來？
還有多少人堅持當初理想？

好想續睡下去
五更的雨
如一生勞苦母親
把我從溫暖被窩喚醒

二〇一四年十一月十一日，新北

不藥而癒

滄桑男子
自有了詩藥方
自律神經失調與憂鬱
不藥而癒

愛情像風又像雨
拉提琴的秋之水色
一束樂音，凌空而降
是寫給你一本厚厚詩之筆記

二〇一四年十一月十三日，新北

鞋

腳，決定鞋的大小
路，決定鞋的方向
心，決定鞋的前程
我，決定鞋的命運

二〇一四年十一月九日，新北

要像月光一樣

不要像陽光普照般
隨地示愛
要像月光一樣
在暗地裡愈晚愈明亮

二〇一四年八月十八日，新北

素描詩人

——寫給高準

你孤獨
不知從何說起
享受孤獨
孤獨享受

你話語
隨年齡增長而漸沉默
傾聽我說話比較多
而我如滔滔不絕演說者

從繁華台北
遷居偏僻林口即將半年
漸喜歡這裡幽靜
與緩慢生活步調

你不喜這裡深夜
還有那隨時怒吼北風
你說，高地多悲風

與貓不離不棄，如親人十六年
看你愛貓成痴
已成生命一部分

二〇一五年三月九日，新北

鞭炮

時常
暴燥如雷
翻滾
在人生崎嶇道路上

常讚頌別人
卻自我消滅
直至身亡
成灰成燼

時常
一路翻滾
一路喊痛
為你讚頌

直到粉身碎骨
直到煙消雲散
你內心
才會得到莫大慰安

二〇一五年六月十日，新北

香爐

每天張口朝天
食物就是炷香
而香灰
是眾生滾落紅塵的淚

二〇一五年五月十一日，宜蘭

風雨這麼大

風雨這麼大
雨傘這麼小
我們要牢牢緊靠
沒有前後
一起跨越車水馬龍的街道
這樣美麗衣衫
不會被陣雨淋到

風雨這麼大
雨傘這麼小
我們要牢牢緊抱
沒有距離
一起跋涉人生起伏的道路
這樣幸福衣妝
不會被暴雨潑到

二〇一四年六月二十九日，新北

堅決走自己的路

天冷
我打噴嚏
我流鼻涕
我頭暈目眩

仰望西邊天空
盡是紅雲遮蔽
忽飛來一隻北燕
淒厲告訴我——
嚴冬來了！嚴冬來了！

十月十日
我拿久未出門的國旗
在巷口揮舞
低聲乾咳九二聲
並朝西噴吐一口濃痰

卻引來隔鄰肥胖男的怒目
在眾目睽睽下
他要我說清楚，講明白
要我俯首承認九二

突駛來
一輛總統候選人宣傳車
沿路大聲疾呼——
用選票告訴全世界
台灣是主權獨立的國家！

我忽覺不冷了
身體也不再哆嗦
隨即把手中紅旗丟開
堅決走自己的路

二〇一五年十一月九日，台北

在我眼裡*

（一）

在我眼裡
你是徹底無能的昏君
我鄙視你
不曾愛過這土地

你無心愛台
就儘快下台
讓愛這土地的賢能者
儘早領導我們前進

（二）

被層層黑紗籠罩
我們猛然一夜驚醒
發現這濃密黑紗
籠罩島嶼整整七年

島嶼幾乎被摧殘殆盡
人民已覺醒奮起
不能繼續沉睡
不能繼續緘默

把一心傾中的執政黨
徹底推翻！
把搖搖欲墜的台灣
完全扶正！

（三）

黑壓壓
每個身穿黑衣
五十萬人民走出來
手持太陽花
湧向凱達格蘭大道
把總統府團團圍住
抗議昏君違反民主憲政
反對黑箱服貿！
捍衛台灣經濟！

二〇一四年三月三十日，台北

※注：馬英九總統曾在造勢活動嚴厲批判前總統人陳水扁，「民調僅剩18％就該下台，不下台就是沒有羞恥心！」，如今他民調僅剩9%，卻還厚顏不下台。

春天的火苗

昨落盡滿地敗葉
今是光禿禿枝椏
看似了無生機的枝頭
已悄悄點燃春天的火苗

嚴冬依然在做最後抵抗
你要掃除無所不在陰霾
青春火種已在島嶼點燃
陽光普照這美麗的島嶼

二〇一五年二月九日，台北／龍山寺

神來夢裡

久未落筆
神來夢裡教我寫詩
詩僅教半句
祂卻凌空而去
讓我詩魂
立即駕鶴西歸

二〇一五年九月二十日，台北

昨夜你熬的粥

昨夜你熬的粥
涼了，稠了
沒人攪動它

如那遠去的愛
涼了，淡了
不敢觸動它

就一直靜靜擱著……
就一直靜靜擱著……
就一直靜靜擱著……

二〇一五年十月十一日，新北

我生活是零碎的*

我生活是零碎的
我工作也零碎的
我睡覺是零碎的
我做夢也零碎的
我看書是零碎的
我書寫也零碎的
我散步是零碎的
我思惟也零碎的
我飲酒是零碎的
我唱歌也零碎的

我愛情是零碎的
我感情也零碎的
我人生是零碎的
我死亡也零碎的

二〇一五年一月一日，新北

※注：今晚再讀《白居易集箋校》，他在詩中吟詠〈老柳樹詩〉「雪花零碎逐年減」，因有所感速寫此詩。

山鷹

家
經常在暴風雨中飄搖
而顛簸的幸福
總在崖邊遮蔽的角落

儘管
可供你生存環境越來越少
但你絕不收起堅持的翅膀
繼續追尋

風，若停息了
你才會解放意志的翅膀
家，若安頓了
你才會登高而睥睨一切

二〇一五年四月二十日，新北

今世相遇

今世相遇
是累世宿緣
聚少離多
總被時間之獸叼走

思念是翹翹板
彼方飛起
此方墜落
惶恐無常降臨

是否乘願再來？
啊不
這世已夠悲苦
來世不敢想望

二〇一五年十月七日，新北

天上的星

天上的星
是人間的火
前世的因
是今世的果
今夜的聚
是明晨的離
黎明的露
是昨夜的淚

二〇一五年四月五日，台北

歸鄉路漫漫

歸鄉路漫漫
縱然台北嘉義
二百多公里
田被粗暴徵收
地被廉價變賣

歸鄉路漫漫
不是不想回去
而是故鄉的根
被徹底拔除
已無家可歸

歸鄉路漫漫
曾是豐腴田園
今變成蚊子館
古色古香祖厝
今是別人豪宅

二〇一五年一月七月，新北

山村雞啼

四點
天幕昏暗
鷄啼一、二聲

五點
天色微啟
雞啼三、四聲

六點
天光明亮
鷄啼遍山村

遠古至今
沒有改變
這洪亮晨鐘

啼破黑暗
叫醒黎明
你醒了沒？

二〇一五年九月二十日，嘉義

每日忙碌捕魚賣魚

每日
忙碌捕魚賣魚
渾然不知
置身詩情畫意山水裡

有天
捕不到魚
低頭望河沉思
倒映河面山水在呼喚

從此
總是小心翼翼
把船槳緩緩划行
怕戳破一幅美麗山水

二〇一五年一月八日，新北

隨想十六行

山水不會拒絕雲霧
江河不會拒絕日月
湖泊不會拒絕山水
大海不會拒絕百川
港灣不會拒絕船舶
森林不會拒絕動物
公園不會拒絕花木
暗夜不會拒絕燈火
鄉村不會拒絕純樸
城市不會拒絕繁華
人民不會拒絕民主
成長不會拒絕磨難
小孩不會拒絕玩具
乞丐不會拒絕錢財
孤獨不會拒絕地方
佈施不會拒絕貧富

二〇一五年十月三十一日，農曆九月十九日為觀世音菩薩出家日

波的羅列

（一）

波的羅列
乃屬
海的範疇
浪的前面
還有
浪的前浪
浪的後面
還有
浪的後浪

不斷翻閱
不斷朗誦
不讓浩瀚詩篇
戛然而止

海之廣闊
在於無遠弗屆的包容
海之奔騰
在於沒有國界的超越

（二）

海，你奔波
不捨晝夜
海，你彈跳
永不厭倦
海，你平靜如一面鏡子
海，你憤怒如瘋狂野獸

海，你為抵達幸福海岸而奔波
海，你為羅列美麗浪花而翻滾
我人生如你在奔波
彈跳在命運的危崖

海浪來了
不斷顛覆
前浪的前浪
歷經無數次奔波
終抵達幸福的海岸
最後把自己徹底擊碎

二〇一五年七月十三日，新北

霧

（一）

你迷離
我隱匿其中
你解散
我原形畢露

（二）

何時來
何時去
從不告別

你化妝人間
隔萬丈薄紗
讓萬物不執著外表

何時來
何時去
從不留身影

二〇一五年五月二日，新北

年度詩選

不要在乎
那一群人所認定《台灣詩選》
不要在乎
對岸獨裁者所允許《中國詩選》
都不是很重要

你要在乎
書寫的詩是否感動人民
不要再書寫那孤芳自賞的詩
期待你誠摯書寫《台灣詩選》
那才是最重要

二〇一五年三月二十一日，新北

眼痛

子夜眼痛
眼前一片迷茫
讓你躊躇
不敢冒然前進

整夜眼痛
折磨這老靈魂
掩蓋眼前風景
遮蔽眼前幸福

二〇一五年一月二十一日，新北

梳子

梳著梳著
我的頭髮
從黑到白

梳著梳著
我的頭髮
從密到疏

梳著梳著
我的頭髮
全不見了

梳著梳著
我的頭髮
全是假髮

二〇一五年一月二十九日，新北

無題

365天之後，別說你害怕
以你之名深情呼喚我
親愛的，我在電腦前努力繆思
如何將你修飾更加完美
如何讓你走出虛幻重圍

那時候，我們還年輕
已在山與水之間流亡
如何逃避晦澀的追緝
但願我們是受人疼惜本土夜鶯
而不是時光的邊緣人

二〇一五年一月三十日，新北

這冷冷晨雨

這冷冷晨雨
喚醒我耕讀
正是五更

這細訴的雨
彷彿從遙遠地方而來
到處話悲涼

前天
栽入基隆河的客機
仍有三具屍骨未尋獲
歸鄉夢
仍在冰冷河域漂流
這不幸年代
奮力引魂的旗旛

總在最前方
一直想回家的你
是否緊跟在後？

二〇一五年二月八日，新北

浴火重生

迷途歲月
很難從中撈起什麼
如破銅爛鐵
壓扁在資源回收場裡
等待丟入熊熊大熔爐

浴火重生
再製造當代流行物件
雖無法回復原來面貌
但DNA元素依舊存在
永遠是一塊能屈能伸靈魂

二〇一五年二月九日，台北

請多走出去

落葉
可以寫詩
你知道嗎？

老樹
是鳥的公寓
你注意到了嗎？

春風
傳播希望樂章
你聆聽了嗎？

白雲
在天空揮毫
你看見了嗎？

山湖
彼此鮮活複製
你欣賞了嗎？

不樂見你整天呆在家裡
請多走出去
看看外面繽紛世界

二〇一五年二月十六日，新北

每一個倒影

每一個倒影
都是虛與實
都是真與假
你要細心辨證

當正義都逃離
當公平都傾斜
這世界就顛倒
一切皆為泡影

二〇一五年二月二十二日，新北

天上消遙的諸神啊

天上消遙的諸神啊！
為何未眷顧人間純樸子民？
為何中國霾霧仍蠻橫籠罩島嶼？
為何美麗山河仍未擺脫它陰霾？

久候甘霖終於降臨，
天邊隱約雷聲，
一再提醒我們——
先賢血淚不能白流！

二〇一五年三月六日，元宵節

這寂靜之晨

這寂靜之晨
乾咳一、二聲
竟痙攣整個山村

苟活六十甲子
惶恐來日無多
最怕那無常之帖

床頭書與你齊高
悔恨少年不讀書
這些書可否焚寄冥府？

這寂靜之晨
乾咳一、二聲
最怕冥府快遞死亡之帖

二〇一五年三月十五日，新北

露水

夜的淚水
不小心墜落人間
趁太陽起床之前
悄然離開

夜的淚水
晶瑩而虛幻
沒有留下任何痕跡
只有晨風自在笑聲

二〇一五年三月三十一日，新北

刀一樣的風

刀一樣的風
刀刀見骨
讓你皺紋加深

刀一樣的風
刀刀是淚
使你雙眼無法睜開

什麼風讓你如此怯步
收斂往昔勇敢的翅膀
瑟縮在孤寂角落顫抖

刀一樣的風
一路呼嘯
追緝到處漂蕩的你

二〇一五年四月一日，新北

天公生

鞭炮聲
已然遠杳
子時焚香者
越來越稀少

遙遠星河的玉皇
是否尚在？
怎還未探訪人間
而聞聲救苦救難？

春風為何不吹？
春雨為何不來？
土地為何荒蕪？
為何花不香？鳥不語？

二〇一五年二月二十七日，新北／春節正月初九玉皇大帝生日

蚊子

用雙掌快速合擊
卻從指縫閃過
常趁我熟睡偷襲手腳
還有我愛思惟的頭顱

吸飽我含酒精的血液
無法起飛而醉臥枕頭
夜間被我渾沌頭顱輾過
清晨留下一幅抽象血符

二〇一五年三月十三日，新北

風大雨大雷大

風大、雨大、雷大
眼前世界
一片迷離

我的世界
僅剩小小角落
內心如眼前風大、雨大、雷大

二〇一五年六月十四日，土城／海山捷運站

認養一顆牢牢的星

沒有星星
就看奧秘夜空
滿天星斗
常送別自己泛濫淚水

認養一顆牢牢的星
在坐北朝南的小窗
不想認養無心的雲
只因它愛到處飄泊

活在搖搖晃晃的人間
連星星看起來也搖搖晃晃
天河裡星星要紮紮實實
搖搖晃晃早就墜落人間

二〇一五年五月一日，新北

坐看眼前

坐看眼前
是不動山巒
晨露和雲霧
皆悄然來去

流浪雲朵
暫歇山頭發呆
每返山村
母親整日精神燦然

二〇一五年五月九日，母親節／嘉義／梅山太和村

你的詩集

過了十幾年
你的詩集
仍躺在二手書店裡

提不起勇氣
面對它
就像流浪多年兒女

想掏錢買回
再增刪幾個字
再重印出版

你悲寂走出書店
一抬頭
巧迎天空飛來一坨鳥屎

二〇一五年五月十四日，新北

納骨塔

（一）

你禪坐在多變風雲裡
整座山頭擁你為峰頂
包容眾生不安的靈魂
不許人間慾火再焚身

（二）

一身臭皮囊
最後焚燒成灰
最想擁有是那不滅詩魂
最期待
在那小小碑石
刻滿詩的榮光

還有一面眺望小窗
直直望過去
那是日思夜想的故鄉

二〇一五年五月二十六日，新北

今晨，一場春雨

是你
把我從睡夢中喚醒
整個世界
皆被你密密麻麻話語佔領

有時你聲勢浩大
有時你低聲細語
讓人捉摸不定
使人撲朔迷離

倘若有人
從你密密麻麻雨簾走出
肯定他是為春耕灌溉的農夫
在你水汪汪世界辛勤來去

二〇一七年四月十二日，新北／土城

趁青春

趁春天要多寫幾首詩，
也許到了夏天就不書寫了。
趁秋天應多寫幾行詩，
也許到了冬天思惟都冰封了。

二〇一五年六月一日，新北

風在挑逗湖水

你看
誰投石起波心
激起千疊愁浪

你看
白雲悠閒散步
湖水自在微笑

風在挑逗湖水
湖在鋪展皺紋
雲在天空揮毫
雨在哭喊天地

燈在抵抗黑暗
屋在烘焙溫暖
你在燈下書畫
我在詩中尋詩

二〇一五年六月三日，新北

玫瑰

空氣裡漂泊殉美氣息
剝落一瓣一瓣的血淚
無聲落盡滿地的哀怨
最後什麼也沒有留下
僅剩一枝帶刺的相思

二〇一五年六月五日，新北

夜行貨車

默默前進的夜行貨車
包裹整車不安的肥豬
牠們不是旅行
而是哀愁往屠宰場路上

二〇一五年六月十三日，台中

短章

檳榔樹
撐起一片藍天
除非來一陣急雨
徹底把它意志消滅

山巒的雲
如回鄉浪人
緊抱母親之山
如溪流洗濯母親之腳

忽來一陣綠風
驚起山頭白鷺
一片斜陽煙雨
垂掛在山村老去容顏

二〇一五年七月二十六日，嘉義／梅山全仔社

晨思

整夜悶熱
萬家冷氣皆在排汗
浪板上
皆是叮咚叮咚到天明的水滴

一到天光
窗前家鳥
把整條巷子
灌滿快樂地歌聲

樓下的伊
負氣離家多年
那懺悔的夫君
日日盼她早歸

你說，樹大必然分枝
我說，成家的兄弟
為何要分家離散？

故鄉破舊三合院
早已人去樓空
儘住快速繁衍的蟑鼠

二〇一五年七月二十八日，新北

樹神

阿公告訴我，這棵老樹從他小時候就有了。
阿爸告訴我，這棵老樹從他小時候就有了。
我也這麼認為，這棵老樹從我小時候就有了。
為什麼老樹會被圍繫紅紅大布條？
阿公告訴我，因這棵樹已有百年，
所以被村民認為是樹神。

每年農曆八月十五這一天，
全村大大小小都會在樹神前，
供奉許多牲禮與餅乾，
焚燒如山的金紙，
接連好幾天野台戲酬神，
祈求風調雨順！五穀豐收！村莊平安！

每次我總是好奇地問阿公——
「為什麼這棵老樹不像其它的樹都被砍掉？」

阿公總是笑嘻嘻告訴我——
「因為老樹每年都會長出許多甜蜜多汁的果實啊。」

二〇一五年三月二十三日，台北

輯三

真柏

真柏*

我絕不屈服你
我只折腰歲月
雖你常霸凌我這小小身軀
但我勇敢迎抗你野蠻暴力

二〇一六年十一月五日，台北市／羅斯福路／台電大樓

※注：這棵「真柏」係台灣電力公司協和發電廠於一九八六年栽植，歷經卅載東北季風強勁吹襲，形成迎風面的樹葉不生，背風面則枝葉茂盛。如被風剪過（又稱風剪樹）象徵台灣逆境求生堅毅不拔的精神。「真柏」在盆栽的景象，讓人聯想到我們島嶼：「台灣」，就如「真柏」般命運，長期受野蠻的東北季風強勁的侵襲，其逆境求生堅毅不拔的台灣精神象徵。

冰封千里

你冰封千里
始終不肯融化
你一帶一路
到處煽風點火

正義陽光快快降臨吧
融化冰封土地與人民
讓自由遍地開花
讓民主插滿旗幟

我們從來沒有
大國懷鄉病
唯獨你一廂情願
盲目歌頌它的榮光

我們深愛這土地
縱使遭受蠻橫打壓與威嚇
我們永遠不會遺棄
我們的母親是台灣

二〇一五年十月二十三日，新北

藍到你沒有一絲懸念

天藍和海藍
一路藍到底
藍到你沒有一絲懸念
它要藍
就讓它藍到底

島嶼與平原
一路綠到底
綠到你沒有一絲雜念
它要綠
就讓它綠到底

我們的天空和海洋
我們的島嶼與平原
如此美麗動人
讓我們愛的太深沉
誕生日思夜想鄉愁

二〇一五年三月十五日，新北

如果你不思前進

如果你不思前進
所有美麗風景
不會往後延伸

如果你停頓下來
所有美好事物
將停擺而躊躇

如果你生活與工作
要一起構築崇高靈魂
多麼不易且難行

如果你要浪漫征途
要讓理想更為深邃
就必須停止一切攀緣

塑膠花

一直不知道
你是一盆塑膠花
置放在不顯眼的角落

每天經過你身旁
總會多看你一眼
因你是那麼生氣蓬勃

有天，看見有人為你擦拭
並噴上香氣迷人的亮光油
才發現你是一盆栩栩如生的塑膠花

我不但沒有嫌棄你
你已在我心中永不凋謝
雖然被置放在不顯眼角落

二〇一五年一月十二日，台中

星星

夜空心情開朗時
星星會出來散心
以微笑
跟我們打招呼
偶爾流下晶瑩淚水

整夜在奧秘星河裡搜尋
看那垂掛的星星
有幾顆墜落人間
有幾顆沒有喊叫
有幾顆只有喊亮

二〇一六年九月十三日，新北／土城

明天是否安在？

凝固的山，
今天依舊在！
吟唱的溪，
今天依舊在！
挺拔的樹，
今天依舊在！
藍藍的天，
今天依舊在！

穩重的山，
明天是否安在？
歡唱的溪，
明天是否安在？
守護的樹，
明天是否安在？
藍藍的天，
明天是否安在？

二〇一六年三月十三日，新北

落葉

自我烘乾，
自己了斷。
自我掩埋，
自己昇華……

二〇一六年二月十七日，新北

春之夜雨

天空
乘坐春之雨轎
來到人間
與大地談一場浪漫愛情

天空
趁著春之夜雨
整夜纏綿到天明
卻讓我與無邊暗夜拔河

二〇一六年一月三十一日，新北／土城

光影

（一）

影子跟我
我跟影子
我不見了
它也消失了

影子沒我
何來影子？
我生影子
影子生我

（二）

光影
稍縱即逝
我一離開
它立即消失

光影
從不等我
我一轉身
它立即隱匿

光誕生我
我生影子
影子生我
我也消滅影子

二〇一六年四月二十四日，新北

變色龍

——台灣政壇有不少變色龍

為生存，
隨環境顏色而改變。
千萬啊！
不要批判我太現實。
這世界，
原本就靠表面求生存！

二〇一六年五月二十七日，新北

一夜驟雨

一夜驟雨
是最後一道春雨？
雨把我從憂愁夢境喚醒
隨即又把我丟入夢海浮沉

春雷失常，到處砍劈
一心要治療憂鬱的天空
讓你一生懸念的人
仍在風塵裡打滾

二〇一六年四月二十七日，新北

暴雨

暴雨
傾注天空所有悲歌
不斷疏濬小溪
不堪驟雨襲擊
大呼吃不消

悶雷
在天際不斷打嗝
哀嘆甲午之年
家事、國事、天下事
為何如此紛亂？

二〇一六年四月二十七日，新北

春雷終於開口了

久遠愛情遺落在遠方
春雨把千絲萬縷的思念
銜回來了

春雨說來就來
以溫柔曼妙舞姿
灑遍多變江湖

春雷終於開口了
在雲端
不斷閃現「愛」字

二〇一六年四月十八日，新北／土城

為釣幾尾魚

（一）

為釣幾尾魚
在崖邊風波裡
沒有一處
可供我安閒坐定

放了一上午的長線
只釣到一顆心解放
海在煙波裡
人在江湖裡

（二）

放逐魚餌
讓它隨波逐流
放了長線
釣了整天
最後竟釣到
一尾被人放逐的木魚

二〇一六年十二月八日，新北

過了山洞

這邊沒雨
那邊有雨
過了山洞

雨雨雨雨
雨雨
雨雨雨雨

這邊有雨
那邊沒雨
過了山洞

雨雨雨雨
雨雨
雨雨雨雨

這邊有雨
那邊有雨
過了山洞

雨雨雨雨

雨雨

雨雨雨雨

二〇一六年十月十七日，新北

尋找一本迷失多年詩集

在浩瀚書海裡
尋找一本迷失多年詩集
以寫詩敏感的聲納
奮力探測
那深廣不可及範疇

整個下午
時聞它溢出詩帖的芳蹤
卻遍尋不著
一本迷失多年
有關愛爾蘭鄉愁的詩集

二〇一六年十月十三日，新北

初老的心聲

（一）

你在我生命邊境
來回細心為我把脈
傾聽我心臟回音
是否漸漸遲鈍了？
是否會突然罷工？

渾過六十甲子
一生為我賣命的五臟六腑
支撐我一身的硬骨頭
開始向我一一討債
頭昏目眩
記憶衰退
心肺緩慢

手腳無力
腰酸背痛

至於夢遺
那是多年以前
至於頻尿
已成夜裡唯一起身運動
至於老伴
早就側身呼呼大睡

初老的你
常常望鳥興嘆
嘆息它
老是躲在巢裡當宅男

懺悔往昔所造諸惡業
不愛惜搖搖欲墜色身
才落得今日常拜託你
為我生命邊境把脈

（二）

初老的我
喜歡做夢
但美夢
很少來訪

年少時候
常有青春奔放之夢
偶爾
也夾雜惡夢

美夢
常與現實背道而馳
有時又不謀而合
似曾相似但從沒出現

多年來未夢見雙親
每天睡前祈禱
能與他倆夢裡相逢
即使是短暫

（三）

面對初老
卻不敢面對
如何老去

一直
以童心防腐
直到辭世那一天

（四）

你這老靈魂
夜半起床
只為解尿與解渴

欲回被窩續睡
內心那盞未熄的燈
已然準備迎接晨光

你這老靈魂
心中不滅之火
隨時準備奮起

二〇一六年十一月六日，台北

牽牛花的心聲

（一）

這裡
原來我們生長地方
自從
土地被政府重劃
農民
被迫放棄肥沃田地
建商
興高采烈紛紛湧入
準備在此
興建一棟棟
聳入雲霄的大樓
於是紛紛架起

連綿數公里鐵絲網
劃分自己領域

這裡
原本我們生長所在
可以自由伸展身軀
要攀爬多遠就有多遠
要攀登多高就有多高

每天
我們在高高樹頂
面對遼闊青翠田野
迎向溫柔南風
以紫色小喇叭
快樂吹奏〈黎明的牽牛花〉

（二）

自從
建商架設連綿數公里鐵絲網
我們生存空間
越來越狹窄
心情越來越不快樂

現在
無法如往常
攀爬更遠地方
與老朋友握手言歡
無法攀沿高高枝頭上
無法快樂吹奏小喇叭

現在
只能沿著
低矮鐵絲網攀爬

每天面對塵土飛揚工地
以垂頭喪氣的小喇叭
無奈吹起〈黃昏的牽牛花〉

二〇一六年六月十二日，新北

靈感蒸發

靈感蒸發
如錯過列車
站在人生月台
始終向人揮手道別

二〇一六年九月四日，台北

你在馬廄

你在馬廄
悠哉悠哉
足足昏睡了八年

日思夜想
那虛無九二共識
能早日實現

島嶼的黎明近了
而你依然
在中國夢裡沉睡

520凱達格蘭大道
人民歡欣精彩演出
一齣齣幸福的台灣本土戲

二〇一六年五月十九日，新北

孤獨走向自己墳場

春雨歇了
繁花落盡了
雷電隱匿了
終日昏睡的你
最後被人民喚醒

島嶼年輕世代
皆高舉太陽花
叫醒終日被藍色波濤擁抱的你
而你即將卸下戎裝
孤獨走向自己墳場

二〇一六年五月四日，新北

自由快樂的風

自由快樂的風
吹遍島嶼每個角落
寧可生在清貧的蕃薯田
也不要活在眼耳鼻舌身
終年被霾霧籠罩的中國

再過幾天
520台灣總統就職日
我們會在自己土地
歡欣演出一齣齣
人人稱讚的台灣本土劇

二〇一六年五月十二日，台北

寄語

暴風雨走了，
腐敗無能者下台了，
他們還會再回來嗎？
如那折返暴風雨嗎？
摧殘路徑還是那麼凶狠嗎？

若你還有微薄力量，
要拍發更多愛的信號，
照耀陽光不到的角落，
謙卑彎下腰，親吻這土地，
傾聽人民壓抑已久心跳！

苦難歲月終結了，
迎向嶄新幸福年代，
更要忘記仇恨的種子，
努力耕耘與守護這土地，
愛你人民如同愛你的家人！

二〇一六年五月二十日，台北／總統就職日

修辭盛夏夜空

你要我在金風送爽的秋天
醞釀幾壺濃烈香醇的冬酒
好為明春相見能把酒言歡
燃詩學火把，修辭盛夏夜空

二〇一六年十月十六日，新北／土城

世界不會因此停止前進

你關閉眼睛
世界不會因此失去光明
你塞住耳朵
世界不會因此安靜下來
你捏緊鼻孔
世界不會因此停止呼息
你躲藏舌頭
世界不會因此失去氣味
你停止思考
世界不會因此停止前進

二〇一六年七月二十三日，嘉義／梅山太和村

河畔路燈的倒影

入夜
河畔路燈的倒影
上方是燃燒火把
餵養下方的水蛇

暗夜在包庇
你要耐心等候
天亮
所有虛假都遁逃

二〇一六年六月十一日，嘉義／梅山

你剛出版的袖珍詩集

你剛出版的袖珍詩集
用透明膠膜完封包裝
仰躺在成堆圖書專櫃
呈現你詩集浪漫封面

你寫詩已將近四十年
出版詩集也有四五部
熟悉你一貫寫詩風格
風花雪月沒人民心聲

若想知道你詩集內容
肯定250元立即飛走
若當作杯墊又嫌太厚
若擦屁股又嫌紙太貴

二〇一六年六月二十四日，新北／土城

深夜那奔波的小溪

蟬聲斷裂
在殘夏火紅午後
選擇留給天地一個寧靜
這山村的花草
依然有它們生長方式
縱然蜂不來，蝶已不舞

這土地沉悶如厚重鉛塊
那滿天星斗依然笑看人間
真好，這深夜還可隱約聽見
山腳下那奔波的小溪
證明它依然活得好好
依然幸福快樂在吟唱……

二〇一六年八月二十六日，嘉義／梅山全仔社

遙遠的星

遙遠的星
總以沉默回答
我只能瞻望
感覺自己渺小

你說，天上一顆星
　　地上一個人
我說，天上的星，我數不清
　　地上的人，更看不清

二〇一六年七月二十三日，嘉義／梅山

落筆

刪去贅字
緊追在後
不斷蹦出新的詩句

整個頭顱
灌滿詩的翅膀
詩之準星早已瞄準

興酣落筆
詩之獵物滿天飛翔
酒醒卻不見蹤影

二〇一六年八月十一日，新北／板橋

遇見你之前

遇見你之前，
我擁有太多幸福。
你轉身之後，
希特勒又回來了！

一座山到底要退多遠？
一條船到底能漂多遠？
直到什麼都看不見，
才驚覺你仍杵在那裡。

二〇一六年十二月二十日，新北／土城

玉山*

它老早老早
在東北亞最高峰頂等你
只是你從來沒認真看待
因你心中只有中國

台灣的聖山是玉山
玉山是台灣的母親
它永遠慈眉善目
守護著我們未來

二〇一六年八月二十四日，新北／土城

※注：從電視新聞媒體看見剛卸任的馬前總統，興奮的登上台灣玉山主峰後對著媒體記者談話，心有所感而寫。

色彩學

黑色掩飾罪惡
白色純潔光明
紅色燃燒熱情
藍色憂鬱安靜
紫色神秘智慧
黃色活力快樂
橘色調和圓融
綠色洋溢青春

二〇一六年八月二十四日，新北／土城

總有一線天光

總有一線天光
流連山村溪谷
晴天忽來雷劈
群蟬全然噤聲

田園遍植山薑
等候秋冬收成
老母終日不語
滿腦皆是兒孫

二〇一六年六月二十五日，嘉義／梅山太和村

燈塔

一生看守黑暗
與夜相依為命
拂曉之後
彼此形同陌路

二〇一六年九月二十二日，綠島

觀音，在觀音山觀自在

暮色在兩岸急降蒼茫
忘歸野鳥疾速劃過天際
不敢回望來時翻滾水徑
觀音，在觀音山觀自在

不聽話海風都走失了
白天泛著淚光嗚咽的河
隱約聽見它悲涼殘句
觀音，在觀音山觀自在

二〇一六年五月九日，新北／土城

鴿子

（一）

有一種鳥會歸來
有一種愛在等待
若你在風雨中迷航
我會祈求觀音引渡

（二）

你強忍受傷疲勞身子
穿越變幻莫測的風雲
擔心你能否安然返航

是什麼支撐你回家信念
讓你勇敢越過天空
擔心你迷航而失去方向

原本湛藍天空已失去堅持
雲淡風輕天空已被惡鄰霾霧籠罩
祈禱你能安然飛返美麗島嶼

二〇一六年九月八日，新北

蝴蝶

——想起母親

今午
您化為蝴蝶
飄忽來看我
左右顧盼
四處逡巡

駐足
您生前最喜歡舊物上
驀然想起
您離開這悲苦人間
足足三十年

二〇一五年一月二十九日，新北

今晚有風

今晚有風
風挾柚香
窗外有雲
雲中無月

屋前小溪未眠
整夜訴說心事
唯有你在傾聽
而寂靜
包裹這荒涼山村

子夜
一個翻身
一聲輕咳
卻驚醒
牆上的壁虎

它看著我
我望著它
直到鷄啼……

二〇一六年九月二十四日，嘉義／梅山太和村仝仔社

人與鳥

人，逆向思考
鳥，逆風高飛
人，摧毀藩籬
鳥，剪破天空

鳥飛過沒痕跡
天空是牠版圖
人走過留痕跡
土地是他行腳

鳥倦了
在天空尋找歸宿
人死了
在土地追求永生

二〇一六年十月二十一日，新北

你一轉彎

你一轉彎
美麗河灣即轉彎
誰撐起愛的重量
堅持最後半哩路

你一轉身，我們又離別
也許短暫
也許更長久
也許不再相見

你不告而別
是最令人牽掛
你說，已為我來世點亮光明
我說，這世已然太黑太暗！

二〇一六年十月八日，台北／公館

如此周而復始

黎明，迎接太陽
黃昏，送別落日
夜晚，夢枕星河
清晨，吻別露水
你是時間送行者
如此周而復始

流星隕落天際
意念閃過腦際
從不看流星落淚
它總是流它的淚
我隨時孵化思想
讓你有所感動

二〇一六年三月七日，新北

風

到處流浪
自生自滅
自言自語
瘋言瘋語

它常在我耳際
迴旋又咆哮
是我猛然
加速前進緣故

它本來氣定神閒
在田野散步
是我粗暴舉動
干擾它的禪定

二〇一六年十月二十四日，新北

今日浪花

今日浪花
複製千古以來浪花
今天濤聲
抄襲千古不變濤聲

你我歡顏
是崖邊對我們微笑野百合
你看，一隻懷鄉大海龜
朝向我們奮力泅泳而來

二〇一六年十月十一日，新北

人生幾經波浪*

天上的星
人間的火
人生幾經波浪
我已分不清
那是天上的星？
還是人間的火？

二〇一六年十二月二日，新北

※注：今晚參加樹林山園里土地公廟二十三週年慶典餐會。還不到九點就匆匆結束散會，就步行至溪州公園搭38號公車。發現公車上只有我一個乘客和司機。當車子行經板橋浮洲橋上時，看到縱橫的高架道路上燈火及橋下大漢溪流域的燈火倒影，在相互交叉晃動著。

自由的風

我自由竄逃
即使你緊閉門窗
我自由來去
即使你高牆圍堵

我無拘無束
我無罣無礙
與生俱來我是自由行者
誰也無法阻擋

二〇一六年九月十八日，新北／土城

丙申年的中秋*

失去理智的暴風雨
暫時遮掩天上明月
我們只好躲在屋角
不快樂咀嚼
越來越化學的月餅
越來越不香的柚子

遙望越來越灰暗天空
越來越沒有鳥飛翔天空
惡鄰大國不斷飄來霾害
讓我們天空越來越不開朗
我們越來越憂心
是否還有明月可賞？

二〇一六年九月十五日，中秋／新北

※注：十六級百年強烈超級颱風「莫蘭蒂」由南台灣高屏地區登陸，造成嚴重的災情。今又值丙申年中秋節，擾亂大家今年賞月的心情。

蟬鳴

（一）

一夜暴雨
真怕你們無法抵抗
今午耳畔再度響起
你們熟悉的呼喚

就在端午這天
你們已然站穩枝頭
彼此互通訊息——
「知了！知了！知了！」

（二）

你們把終日沉默山林喚醒
勸它不要只聽溪流在吟唱
你看每棵樹都在豎耳恭聽
今夏協奏曲已經傳遍千里

（三）

昨蟬今杳然
唯獨山溪吟
日斜萬物移
山村無童話

（四）

仲夏蟬鳴
知了！知了！
響遍山村

懷孕的檳榔樹
迎風招展
遙看滿山荒涼

午後閃雷
在黑雲密布天空
四處打嗝

驟雨驟至
轟然雨彈
把整個山村炸沉

（五）

仲夏蟬鳴
灌爆滿山滿谷

暴雨又來了
無法壓制你們高亢聲勢

你們要在枝頭站穩腳步
不要被對岸虛張聲勢的暴雨嚇跑

二〇一六年六月十日，嘉義／梅山，
「暴雨」另一意涵是粗暴又恐嚇的語言

書趁我打瞌睡

（一）

遊手好閒的風
喜歡在書房嬉戲
無聊就亂翻桌上的書
而瞌睡蟲
早就悄悄進駐
我不精進的心

今午
書趁我打瞌睡
從手中滑落
驚醒我
也驚醒書桌下
打瞌睡的貓

（二）

正午
一棵台灣樟樹下
一本厚重的詩集
從手中滑落

驚醒了我
也驚醒身邊的貓
牠落荒而逃
轉眼不見蹤影

我學著貓叫聲
到處尋找牠
最後，只找到頭頂上
一顆熱烘烘太陽

二〇一六年十一月十日，新北

一個老保全的心聲

年輕時
不惜光陰
如脫韁野馬
到處大肆揮霍金錢與青春
最後妻離子散

你老了
沒錢了
硬拖多病的身軀
在社區當保全
值班常常發呆
時時懺悔過去荒唐
每月賺取二萬元微薄薪水
只能養活自己

從早到晚
二十四小時
與同事輪班守衛社區
隨時緊盯多台監視器
同時也被監視器監視
你不敢打瞌睡
最怕被開除
明天又沒有工作
因你已經七十歲

二〇一六年十一月十一日，新北

我願

我願是花
願你是那露水
靜泊在我港灣

我願是天空
願你是那星星
閃亮在我黑絨布

露水啊！星星啊！
雖然你們夜晚才降臨
我願是你的港灣，你的黑絨布

二〇一六年十二月十日，新北／土城

靠窗*

靠窗
一片秋陽陪你
風在窗外敲
樹在窗外舞

一路喊痛的救護車
把悲慘世界整個撞擊進來
驚醒你不精進的心
睡蟲立即從五體遁逃

舉頭
一串斜陽
從你書頁
無聲傾斜離去

二〇一六年十一月二十日，新北市立圖書館

※注：新北圖書館臨近亞東醫院，救護車的急救呼嘯聲不絕於耳。雖有透明厚度玻璃窗隔離，但想及眾生肉身是脆弱且不堪。

眾菩薩安然禪坐

子夜
眾菩薩安然禪坐
燭火與暗夜
仍持續辯論人間議題

突然
被沒有任何重量的安靜
襲擊猶帶業障色身
踮起久未洗淨的行腳

怕驚醒
為人間分憂的眾神
還有寺裡
那長年不寐的燭火

二〇一六年九月二十三日，新北

故鄉的山溪

故鄉的山溪
有許多魚蝦
有童年笑聲

故鄉的山溪
一路吟哦
直達多變的海峽

故鄉的山溪
如母親叮嚀
一再提醒要愛這土地

故鄉的山溪
充滿未竟的理想
誓言要獨立奔騰

二〇一六年十一月二十四日，新北

家貓*

你悄悄來
沒有任何聲息
直接鑽進我懷裡
趁我打盹
又悄悄溜走
如風

你悄悄來
沒有任何聲響
在我腳邊來回磨蹭
趁我忙碌
又悄悄離去
如霧

廚房的窗台
是你喜歡流連地方

有時你抬頭、低頭、回頭
是那麼專注
雖沒給你十足豐富食物
但你每一喵叫聲
都洋溢幸福

外面風風雨雨
我們皆已飽嚐
也不再流浪了
而你一動一靜
早已融入我生活節奏

二〇一六年二月十三日，農曆初六／新北／土城

※注：友人林明壽早年四海為家當船員，晚婚生子，多年不見，過年時，他誠摯邀請我到其住處喝春酒。

傾斜

傾斜的風
傾斜的雨
傾斜的路
傾斜的你
終於下台了
還有人為你撐傘嗎？

傾斜的世界
傾斜的正義
狂人總統
在街頭任意執行死刑
素人總統
在鄰國交界築起高牆

這島嶼已嚴重傾斜
你知道嗎？

誰來扶正傾斜島嶼？
誰來扶起傾斜人民？

二〇一六年十一月二十五日，新北／板橋

被砍斷的樹

前半生
死於藍色時代巨輪
後半生
苟延殘喘黑暗地底

只要些許雨露
只要些許陽光
就會堅強活下來
時時搖曳新綠

二〇一六年十一月六日，台北

輯四

坐高鐵南下

坐高鐵南下

我們交會而過
在風聲與車聲轟然之間

你往北，我往南
在不同軌道與方向之間

我們雖同文同種
卻在不同世界與價值之間

你野蠻，我謙卑
在台灣海峽分裂開來……

二〇一七年六月四日十時一分，寫於高鐵苗栗與台中之間

夜半，大雨驟至

夜半
大雨驟至
雨彈
把整個山村炸沉

二〇一七年五月二十九日，嘉義／梅山鄉太和村

生命清單

（一）

生命清單
往事不曾離開
不能公開的秘密
只因擁有太多幸福

那私下連結的小溪
早就匯入浩蕩河灣
春天蝴蝶般心事
一直寄放你寶藏箱

憶起追風箏的孩子
人生盡頭有一道彩虹
書房外那盆喊渴的仙人掌
卻要時時面對野蠻的東風

（二）

生命清單
沒有你
我們本來就快樂
因有你
我們幸福才打折

你越來越囂張
常在我們門前門後
耀武揚威
相信有一天
你會落荒而逃

二〇一七年五月一日，新北

遠山回音

遠山回音
是燦爛千陽
理想被密縫時間空隙
思惟頓然如安靜的獸

無法倒帶人生
無法預約旅程
不要讓我孤獨走在漫漫長夜
不要讓我看不到黎明的眼睛

二〇一七年六月二十二日，新北

時至今日

——致中國異議人士劉曉波

時至今日
你仍被獨裁者囚禁整整七年
自由正義
仍羈押在銅牆鐵壁裡

你民主火焰
時時在召喚
期待更多覺醒火種
快快燃燒起來

二〇一七年一月二日，新北

山和雲

忽來一朵雲
擁吻山頭許久
纏綿不肯離去

突來一陣風
拆散了山和雲
獨留山在瞻望遠方

二〇一七年一月二日，嘉義／梅山太和

強烈颱風又要來

當我騎車加速前進
風總在我耳邊呼喊
當我在路口等紅燈
它又不知跑到哪裡？

越來越昏暗天空
佈滿交錯的電纜
停歇許多飛倦野鳥
風吹來，如飛揚樂譜

中秋剛過
強烈颱風又要來
據氣象預報
周末影響最劇烈

希望它加速前進
祈禱不要轉進來
最好它適當雨量
灌溉這乾渴土地

二〇一七年九月二十六日，新北

枯樹

（一）

雖死了多年
仍微笑挺立在山崖
面對過去風風雨雨
已全然放下

（二）

曠野
一棵老去枯樹
支撐它是腳下那片綠地
還有歲月的風雨

總是想起它
曾經茂盛的綠葉
總是想念它
曾經纍纍的果實

如今
這一切都不存在
如果它還有什麼存在價值
那就是引導我回家的地標

二〇一七年一月二十九日，農曆正月初二，嘉義瑞峯

星星都到齊了

星星都到齊了
眾神的載體是浮光
我們所有鄉愁
都在嘉南平原

你在風雨中等我
等我登上仰望的玉山
它是我們永遠的母親
你我約定將是不遠

二〇一七年二月三日，台北龍山寺／新春祈福

煙火

為了
與你空中相會
我使盡生命燃亮夜空
還有誰比我更有衝勁？

明知
無法喚醒無邊黑暗
也寧願捨身粉碎
在你含淚星光中

二〇一七年三月十一日，新北／土城

與春天約定

與春天約定，
一起綻放！
與夏天約定，
一起飛舞！
與秋天約定，
一起成熟！
與冬天約定，
一起凋謝！
最後讓我們攜手，
投奔土地的懷抱！

二〇一七年六月二十二日，新北

生命的絃歌

生命的絃歌
繼續往前推進
少有回顧

除非跋涉千山萬水
在山之峰頂
回望來時路

那時方知
步步驚心
處處轉折

二〇一七年二月二十七日，維也納／德國／舍瑙柯尼塞

在靈感河域漂流

在靈感河域漂流
最需要思想浮木
也許載我一哩路
也許壓抑我滅頂

二〇一七年七月一日，台北

一朵蓮

一朵蓮
蹦出水面
需要一些時間

也許
湖水全然污濁
無法反映它本來面目

它依然
笑得那麼燦爛
彷彿可撐起整座湖水

二〇一七年七月二日，新北

浪依然翻滾它的浪

我不捉魚
我來抓浪
浪來追我
我來逐浪

浪把我捧得高高
浪把我甩得遠遠
距離岸邊越來越遠
莫非想把我入贅海龍王當女婿

好在，我不捉魚
只是來逐浪
浪再度把我送回岸
浪依然翻滾它的浪

二〇一七年七月三日，新北／萬里

銅像

在中正路三角公園裡
那座黑色銅像的頭上
堆滿歲月鳥屎
沒有人清理

許多人
幾乎忘記它存在
在一陣消滅銅像運動中
它暫時逃過一劫

二〇一七年五月四日，新北／土城

在時光閃電中

在時光閃電中
我們歸途漫漫
你一半被偷走人生
是我人生最遙遠歸程

我們對稱的靈魂
是不變的相對論
你沒有任何聲息離開
丟給我這老靈魂在咀嚼

二〇一七年二月十八日，台北／公館

問候基隆和平島

（一）

你還是原來面貌嗎？
皇帝殿山還健在嗎？
造船廠還有造船嗎？
海風吹來還鹹鹹嗎？

（二）

鹹鹹的落日
鹹鹹的港灣
鹹鹹的海風
鹹鹹的回憶
鹹鹹的淚水
連船笛聲也鹹鹹
這裡一切都鹹鹹

二〇一七年八月二日，基隆／和平島

停電

我們太習慣
平時的光明
認為理所當然
瞬間黑暗
像掉落深淵般驚恐

突然停電
最怕菜炒了一半
最怕飯煮了一半
最怕茶燒了一半
若碰到不知該怎麼辦？

突然停電
最怕假牙裝了一半
最怕電梯坐了一半

最怕洗澡洗了一半
若遇到不知該怎麼辦？

我們太習慣
平常的光明
認為理所當然
剎那黑暗
如墜落地獄般驚惶

二〇一七年八月十六日，新北

邊境的風

睡了，如死去
醒來，完好如初
死有千萬種
自自然然死去最好

天空是無邊藍眼睛
白雲每天辛勤擦拭
擦去昨日種種煩憂
但今日又接踵而至

邊境的風
常讓我們無端打噴嚏
近邊的海
因它蠻橫繞台而起波瀾

二〇一七年八月二十六日，新北／板橋

你想寫詩也可以

你想寫詩也可以
想看書也可以
把整個老骨頭
塞進柔軟沙發裡也可以

在落地窗前
陽光正大光明進來
那野蠻東風
依然被我們完全阻絕
在外咆哮

你不想寫詩也可以
不想讀書也可以
把平時緊繃心情
全然放空也可以
折疊在沒骨頭沙發裡也可以

二〇一七年七月二日，新北／板橋

這美麗島嶼

細雨滴滴答答
傾訴一整夜
也把清晨
說亮了

颱風要來
卻在我們家門
忽轉個彎
朝日本方向翻滾而去

等你很久
你一直沒來
唯有不安風雨陪我

這美麗幸福島嶼
是世界上最閃亮明珠
我們要好好愛惜守護

二〇一七年九月十三日，新北

露水

一到夜晚
人間萬物都會收到
你從天上打來的電報

一到清晨
等不及太陽的公告
你已悄然隱匿

二〇一七年九月十四日，新北／土城

一盆含苞待放的蓮

屋前，一盆含苞待放的蓮
不知何時浮出水面
好奇地彎下腰
細看它含羞的青春

不意發現
水面皆是對山的倒影
難道，山也想一窺蓮的色身
卻不慎溺在水缸裡

二〇一七年九月一日，新北

沒有門牌號碼

海，沒有門牌號碼
雲，沒有門牌號碼
風，沒有門牌號碼
鳥，沒有門牌號碼

人，擁有門牌號碼
就失去自由了
就失去自由了
就失去自由了

二〇一七年九月二十六日，新北／板橋

讓孤獨跳傘

讓孤獨跳傘
傘降孤獨園
園有孤獨酒
酒後愈孤獨

二〇一七年十月二日，新北

秋天的影子

今早
庭院角落
一片落葉頻頻向我打招呼

舉頭
滿天楓紅
向我迎來一身燦爛

騎著機車
一片葉子
輕盈地貼吻我身

一路上
秋風送爽
挾帶柚香

街頭巷尾
到處是秋天影子
它追隨我，我跟隨它

二〇一七年十月三日，新北／土城

山之冰雪

你是
千年不衰遠古琉璃
最真實也最飽含虛幻
而你總是孤芳自賞

與你保持距離
也許這樣比較好
我們太親近
反而讓你感到不安

二〇一七年二月二十七日，維也納／德國／舍瑙柯尼塞

斷崖邊的花草

斷崖邊的花草
每天迎戰
大大小小風雨

一生面對許多起伏
每一次平靜
就是幸福

二〇一七年十月六日，花蓮

入山與出山

山，如如不動禪坐
山，不管人間煙火

入山，把我溶化
出山，把我嘔吐

二〇一七年十一月二日，新北

燙金的雲

無疾而終的詩篇
有火基因，有淚爬梳

火花為木頭而歌唱
天空為土地而落淚

烹煮一鍋最豐盛的相思
最後你竟擱置不聞不問

有一種令人斷魂的牽掛
那就是藕斷絲連的愛情

燙金的雲，常來此相約
夕陽會按時在西邊打卡

二〇一七年十月八日，新北

菅芒花

以為山頭只有你
當我跋涉到山腳
卻發現——
全是你們兄弟
全是你們白髮

二〇一七年十月八日，新北／瑞芳

水舞噴泉

你精心遍植
一畝冰清玉潔的水林
約定時間
與音樂攜手共舞
而我欲取一瓢
洗盡累世滿身的業障
瞬間它們竄入地洞
全然不見蹤影

二〇一七年十月十一日，台北艋舺龍山寺前水舞噴泉

鳥，飛翔意義

——兼懷逝世百日，中國異議作家劉曉波

鳥，飛翔意義
就是——
鐵籠釋放了你
天空歸還了你
海洋接納了你
風雨伴隨了你
自由擁抱了你

二〇一七年十月十五日，台北

那一盞燈

那一盞燈
在陰暗角落
兀自點燃

那一盞燈
在孤寂角落
獨自守候

有一天
終將熄滅
除非你提早滅了它

一室之黑暗
一人之孤獨
急需你熱情擁抱

二〇一七年七月五日，台北

牛皮癬

不易治癒
拖了很多年
用盡各種藥膏擦拭
至今時好時壞
無法徹底根治

竊佔我右手中指多年
凸顯它紅色徽章
每天伴隨我為生活打拚
如果它是一顆昂貴紅寶石
那該多好

二〇一七年十月三十一日，新北／土城

你憂傷似海*

你憂傷似海
我百年孤寂
這鉛重般黑暗世紀
統治了這混沌天地

你若不憂傷似海
我若不百年孤獨
這鉛重般黑暗不會自動崩解
這混沌天地不可能轉為清明

二〇一八年一月二十二日，新北

※注：《憂傷似海》是好友日本文學家／小說家／詩人邱振瑞的第二部詩集，二〇一八年一月由秀威資訊出版。

蠟燭

（一）

點燃你
你立即照耀
千年光明

即使燃盡
也要為我
鋪展前途的紅毯

（二）

時時淪陷
時時清醒
明滅在自己光焰裡
最怕那野蠻東風又來襲

不是還有一海之隔嗎？
不是還有海峽中線嗎？
啊不
它是蠻橫無孔不入的東風

二〇一七年十一月十日，新北

天空的囚徒*

夜行動物
行過火獄之路
寂寞的狼
遇見想外遇的女人

一個狙擊手
孤寂待在教堂尖塔
他轉身之後
清楚聽見墜落之聲

天空的囚徒
無法遠離森林的回音
我在風雨中等妳
等妳在傘下擁抱幸福

二〇一七年十一月十二日，新北

※注：這首詩迥異於我往昔的寫詩風格，嘗試以拍微電影的方式呈現。

秋葉

一到秋天
你喜歡到處寫信
我一時無法一一閱讀
都堆滿在門口

一下子
你寄來那麼多信
我一時
無法閱讀完畢

就讓秋風
你那拜把兄弟
寄一些
給天涯海角

二〇一七年十一月十三日，新北

當我回到出生地

當我回到出生地
祖先留下的三合院
父母親耕作的田地
童年哭笑聲
都消逝了

當我回到出生地
童年游泳的大池塘
大士爺廟前的廟埕
母親喚我去買菜的市場
都不見了

當我回到出生地
沒有一個人認得我
沒有一個人我認識
走在蕭條的村路
我轉進兒時的廟裡

二〇一七年十一月十七日，嘉義

鼠

畏光
喜在黑暗角落築夢
一身擁有最敏感的雷達
從不走正道
喜旁門左道

習慣晝伏夜出
始終不帶鑰匙
只帶一口利牙
就縱橫江湖
就吃遍天下

二〇一七年十一月十九日，新北／土城

天猶未光

天猶未光
一個名叫《正義》
悄悄被帶走
至今還沒回來

天猶未光
六四血淚
還在廣場漂流
冰冷屍體尚未招魂

那些畏光的父母
仍苦苦等候天光
期盼正義能快快降臨
斬除他們身上的邪靈

二〇一八年六月四日，台北

天上繁星

天上繁星，
都是亮晶晶，
有幾顆你認得清？
有幾顆你數得清？

天上星星，
每顆亮晶晶，
有幾顆你看得清？
有幾顆你數不清？

人間煙火，
都是一盞盞，
有幾盞你認得清？
有幾盞你數得清？

人間煙火，
一盞盞像天上星，
有幾盞你看得清？
有幾盞你數不清？

二〇一七年十一月二十三日，嘉義

我在山裡

我在山裡
山在雨裡
雨在山裡
我在雨裡

二〇一七年十二月十一日，嘉義／梅山／太和

彼此距離竟是那麼渺邈

夜涼如水，繁星滿天
數不盡的抽象星河
佈滿三千大千世界
有哪一顆對你最親近
有哪一顆對你獻殷勤
望遠鏡拉近眼前
彼此距離竟是那麼渺邈

二十八星宿
遍布無盡虛空
人間你我如星座般彼此照應
那廣大〈心經〉輪迴著生滅
天地被無明佔盡而痛苦呻吟
現世山水不再映照有情有義
最怕你自我毀壞而無法救度

二〇一七年五月十四日，台北／公館

書桌上

書桌上
有一本未讀完的書
有一疊未完成的詩
有一盞監視我的燈
有一隻愛貪睡的貓
有一顆我常轉動的地球儀
它們都一直辛苦陪伴我
還有一個我不寐的靈魂

二〇一七年十二月三日，新北

讓光進來

讓光進來
你生命的河流
會湧動呼吸
就浮現光彩

讓光進來
你生命的森林
就全面覺醒
會釋放芬芳

二〇一七年十二月四日，新北

你轉身之後

你轉身之後
遇見之前的你
白色城堡有憂鬱的繆思
二杯早已冷卻黑咖啡
預約前世信守

昨日
你恣意植下的惡種
今天才會遍山荊棘
而你漫漫歸途
早被五欲六塵綁架

二〇一七年十二月二十八日，新北／土城

靈感

稍縱即逝
一轉身
就全然忘記

明明擺在眼前
一恍惚
就不見蹤影

常常悔恨自己
忘記前世
現又失去今世

二〇一七年五月十八日，新北／土城

燈火

星星不必你來點亮
到晚上它自然發亮
人間煙火不會明亮
需你親自努力燃亮

你說，山一層一層的高
要我小心一步一步的爬
回望人間燈火是一盞一盞的亮
一家一戶如天上一顆一顆的星

二〇一七年四月十八日，新北／土城

界線

有的界線
無法明確界定
你所說海峽界線
是從中劃分開來嗎？

起霧時
界線就自然不存在
你曾掌握航行的船長
卻故意恍神而空間迷失

我的思想
從來沒有界線
時時無止盡在延伸
不是你出言恐嚇，我就退縮不前

二〇一七年四月五日，新北

天藍

（一）

天藍
藍給自己看
藍給海洋看
藍到一絲不掛

彩虹雖有光鮮外表
但最憂鬱了
常在我們眼前
自我崩解

（二）

天空永遠那麼藍
藍到快滴出水來
天空永遠那麼藍
藍到沒半點雜念
天空永遠那麼藍
藍到不想去流浪
天空永遠那麼藍
藍到不會想生死

二〇一七年十二月四日，新北

那年的燦爛

那年的燦爛
如今頓然消失
蔥綠曾守護山頭
如今山破家散

先賢一再殷切提醒
溪流是遍佈山村的廣長舌
那罕見夜行燈火
現又照亮春天山頭

不管你歸來或不歸
我已準備荷鋤
辛勤去春耕
經營那年的燦爛

二〇一七年二月四日，嘉義／梅山

我們都在天上飛

——寫給天上的雲

我們都在天上飛
你被順風吹送
我被飛機接送

我們都在天上飛
你永遠在天上飛
我暫時在天上飛

我們都在天上飛
天上是你永遠的家
地上是我溫暖的家

二〇一七年七月十一日，新北

今晚月娘

遠看
不著痕跡，沒有風雲
今晚月娘
肯定很多人在瞻望

細看
天際周邊
已被烏雲輕輕落款
卻驚起心頭浪潮

雲淡風輕
多麼不易的淡定
看待人生如月盈缺
激不起任何怨波

二〇一七年十月四日，新北／土城

輯五

你說，冬天的幸福

你說，冬天的幸福*

你說，冬天的幸福
是擁有一件防禦風雪外套，從冰冷的室外，走進溫暖的戶內

你說，冬天的幸福
是晝短夜長，讓我們擁有更多相聚時光

你說，冬天的幸福
是壁櫥火爐，整日不斷傳遞溫暖火舌，照亮彼此燦然的臉龐

你說，冬天的幸福
是冬雪覆蓋天地，大地所有生機，都在地底蠢蠢欲動，準備在春天反攻

你說，冬天的幸福
在異鄉是嚴冬，在故鄉是暖春。感覺在異鄉如故鄉，因為都是民主自由的
故鄉

二〇一八年三月三日，凌晨04:30／紐約

※注：飛機原本深夜從紐約飛往台灣，結果逢遇大風雪侵襲，飛機延後起飛，我們又在紐約原來的旅館又滯留一晚。

一棵臨近水湄的老樹

一棵臨近水湄的老樹
從小被水面映照長大
它有訴不盡千言萬語
時時複製變幻的流光

多變風雲與鬱鬱寡歡的霧
總是愛戀這一湖千山萬水
你說，水面折斷樹的孿生兄弟是謊言
那麼時時蒐集千山萬水的湖是老江湖

二〇一八年三月一日，美東

薩斯奎哈納河*

水湄
是落盡冬葉的蕭瑟林木
遮掩你
是一層層的神秘面紗
你奔流有多遠
就追隨你多遠

山不高，水不深
但思念卻很長
在異鄉黃昏
我從水湄緩緩駛過
想起故鄉的河
如你孤獨前進

二〇一八年二月二十六日，美東／威廉波特

※注：薩斯奎哈納河（Susquehanna River）起源於美國紐約州Cooperstown，縱貫賓夕法尼亞州，在馬里蘭州北部流入切薩皮克灣。全長七百一十五公里，是美國東岸最長的河流，也是全美第十六長河流。

尼加拉瀑布*

把美國境內所有河水
都傾注加拿大尼加拉
從各路奔波而來
為在此相聚而白了頭

在斷崖前一起擁別
一起連袂，縱身躍下
傾瀉全世界氣勢最磅礴
最令人震撼的瀑布

二〇一八年二月二十七日，加拿大／尼加拉瀑布

※注：尼加拉瀑布（英語：Niagara Falls，法語：les Chutes du Niagara），源自印第安語，意為「雷神之水」是由三座位於北美洲五大湖區尼加拉河。

都市傳奇

一瞬為光
瞬轉為風
這小小島嶼
有許多飄浮眼睛
有許多現實腳印
如果你一再嫌棄
請你趕快離去

都市傳奇
應歸功世代的老農
一條條灌溉田園的圳渠
如今皆變成城市污水道
如果你能守住這信念
如果你還愛這土地
請你要牢牢捍衛

二〇一八年二月十四日，新北

割草機

只因你們
活得太奔放

獨裁者命令我
一個上午
一部割草機
一律把你們理成小平頭

獨裁者下令我
狂殺到你們見骨頭
連地底小石頭
都紛紛跳出來抗議

啊，那陣陣飄揚草香
不就是你們飛奔的血淚

二〇一八年三月二十六日，新北

植物園

花的聯合國
樹的聯合國
鳥的聯合國
蟲的聯合國

人類想申請加入
卻一直被排除在外
理由是——
「人乃非我們族類！」

二〇一七年十一月二十一日，新北

火葬場

（一）

這裡有火烤顏彩
這裡有群魔魅影
而一生厚實的你
不堪進入這火宅
你魂魄立即昇華
只剩下小小塵土

（二）

瞬間之火
焚化你一身臭皮囊
還有什麼能留下？
最後都化為一縷青煙

一天到晚
你們在鬥爭什麼？
無常到來都化為一撮塵土
你尋不到他，他找不到你

二〇一八年一月一日，台北

一瞬之光

一瞬之光
轉瞬為風
守住信念
就是守護時光

時間縐紋
在光的國度流失
記憶之塵
在時光閃電中裂解

二〇一八年四月二十二日，台北

落日

（一）

晚風挽著彩雲
連袂
為你送行

我一恍惚
你已把滾紅的大餅
餵給大海

（二）

每天
不一定能看到
你哭紅西邊的黃昏

即使
看到了
也只是為你無聲送別

我無法挽回
你往西方墜落的決心
但可以肯定——
是日已過，命亦隨滅

（三）

你雁落西山的餘暉
莫非你在迴光返照
當我回望汲水的星
你已魂歸西方極樂

（四）

山
已暗去
波浪的輪廓

你不捨餘暉
總有繾綣雲彩
來相伴

你這顆
最悲壯自然大燈
最後還是為自己送行

（五）

你這自然大燈
還在最悲壯黃昏
降落

你不捨離去的淚光
把整片海洋
都哭紅了……

二〇一五年一月十六日，日本
大阪往關西國際機場的關西大橋上之落日

天機不可洩漏

佛說——
不可說
不可說
不可說
不可說

法說——
不能說
不能說
不能說
不能說

僧說——
不會說
不會說
不會說
不會說

二〇一八年六月八日，新北

咖啡廳隨想

一人孤獨前進
風根本不理會
牽妳小手前進
風卻緊隨在後

一杯咖啡兩人喝
二杯咖啡各別喝
苦澀咖啡不加糖
苦難人生自己扛

二〇一八年二月二十日，新北／土城／清水星巴克

沒有看見時間

沒有看見時間
感覺死亡越來越近
短得——
只看到黎明的窗口

沒有看見時間
感覺住家樓梯愈爬愈吃力
短得——
只聽到窗外的鳥聲

沒有看見時間
感覺頭上黑髮變白、變稀、變禿
短得——
只聽到心跳的聲音

沒有看見時間
已被悄悄推進火爐
僅留一堆骨灰
時間的風，霎時把你吹襲

二〇一八年五月七日，新北／板橋

流水匆匆

流水匆匆
流向它習慣的海口
追憶比水流更深更遠

春天快要過去了
河堤的花，捽了滿地
沒有蜂蝶來訪

孤獨蝸居城市
常常包裹心事
從不傾訴誰人知？

溪水急湍
流向不安的海峽
流向隔鄰野蠻的國度

二〇一八年五月九日，新北

這裡曾是一片好水田

從地底竄出鋼鐵撞擊聲
那是生活底層者的吶喊
這裡曾是一片好水田
之後被重劃
之後被填平
之後被輪迴

這裡已是鋼筋與混凝土的世界
從地基努力向上築起
朝向灰濛濛天空邁進
屆時你腳下雲海會飄過
屆時你可以看到飛機起降
屆時你可以看見河流出口

二〇一八年五月十一日，新北

今晚的雨

（一）

今晚的雨
是天地間
最自然、最和諧的旋律
沒有人可以唱得比它好聽
沒有人可以彈得比它美妙

今晚的雨
高興怎麼唱就怎麼唱
歡喜怎麼彈就怎麼彈
沒有人可以制止
沒有人可以控制

（二）

滴答！滴答！淅瀝！淅瀝
當雨從空中飛奔而下
天底下建築物都成為他敲打的樂器
雨不規則，雨聲就不規則
這雨聲顛覆一成不變的樂音

淅瀝！淅瀝！滴答！滴答！
我在藏書萬卷的書房無意中聆聽
讓我睡意猛然全消而轉為清醒
終於把閉塞已久心房敲開
彷彿窗外所有雨聲都匯入我內心的江河

二〇一八年十月十六日，新北

殯儀館

淚水最多地方
哭聲最多地方
悲傷最深地方
陰陽相隔地方

今天你是送行者
知道為誰送行
明天你被送行
不知誰為你送行

二〇一八年六月十一日，新北／板橋／新海路

小草

——兼懷台灣

無論走到任何地方
都能看見你堅強身影
在水泥隙縫間
在柏油隙縫間
在石頭隙縫間
在房屋隙縫間
在鐵軌隙縫間

走到天涯海角
都能看見你謙卑身影
我真的敬佩你
你實在了不起
我應向你學習
無論身處任何困境
都能堅強地活下來

二〇一八年五月二十五日，台北／公館

天漸亮

天漸亮
一隻
二隻
三隻鳥聲
數不清鳥聲
隨天光
漸響起

窗外有雨
不大不小
一滴
二滴
三滴
數不清雨滴
敲在遮雨棚

昨夜狂飲
酒氣未散
一呼一吸
隨天亮
漸舒緩

想伊
多年未見
不知她瘦
還是我瘦
不知她憔悴
還是我憔悴

想著
想著
天光卻送來
一顆大太陽
在我愛幻想的床頭

二〇一八年六月二日，新北

在圖書館

（一）

一打開書頁
即被不可數塵蟎
攻占鼻孔
霎時噴嚏接二連三
好奇翻至書底「到期單」
整整十二年
竟一片空白
我是第一位借閱者

細心檢視
它被歲月凌虐成風濕
用力開啟
如連體嬰緊黏書頁

它竟蹦出「我自由了！」
在那當下
我如文殊菩薩降臨
救度了它
還是它救度了我？

（二）

快速翻閱
一首接一首
沒有絲毫情感的詩
不禁打盹
卻夢見母親
在危崖洗衣

驚惶呼喊她要小心
我卻不慎掉入深淵
大叫一聲而驚醒
年輕館員走過來

輕聲細問——
「阿伯，你沒事吧？」

二〇一八年五月二十九日，新北

湖之倒影

風和日麗的湖
如一面鏡
在相互模仿
一個在上，一個在下
一個是實，一個是虛

最怕陽光隱匿
最怕風雨侵襲
最怕暗夜降臨
天地各回本位
虛實返璞歸真

二〇一八年六月三日，新北

這裡僅剩一個位置

這裡
僅剩一個位置
很多人都想坐
沒有位置
只好無奈站著

等待
有位置者下車
有時，時間很短
有時，時間很長
有時，永遠都站著

二〇一八年六月六日，新北

你的前方

你的前方
烏雲密佈
現在前進
肯定深陷在暴風雨

明知前方
有不可預測的風暴
你會更勇敢
去面對！去承擔！

二〇一八年八月二十日，新北

日落的淡水河

隔著一條日落的淡水河
靜靜聆聽海水遠去潮聲
面對漸漸被暮靄籠罩觀音山

於是，你彈奏一首歌
於是，我書寫一首詩
於是，他描繪一幅畫

你歌裡，有淡水河淡淡鄉愁
我詩裡，有淡水河濃濃抒情
他畫裡，有淡水河與觀音山

二〇一八年七月二十八日，新北

水手

港灣是船的家，
我的家在船上。
海洋是船的田，
船是我的犁牛。

二〇一八年九月十七日，新北

傘

撐開
雨在傘之上
收起
雨在門之外

撐開
傘變胖了
收起
傘變瘦了

撐開與收起之間
雨在我色身之外
我在傘與雨之間
擺渡

二〇一八年七月二十日，新北

時間也有皺紋

天有皺紋
地有皺紋
山有皺紋
水有皺紋

人有皺紋
樹有皺紋
湖有皺紋
海有皺紋

萬物皆有皺紋
流光也有皺紋
只是你太匆忙
沒有仔細察覺

只要靜下心
你會聽見
它微細腳步聲
擱淺無人所在
提醒你慎獨

只要靜下心
你會發現
它細碎腳步
輕踩肺腑與頭顱之間
時間也會遍布皺紋

二〇一八年九月二日，新北／土城

龜山島

從任何角度看你
你都在奮力向前
儘管四周風雲繚繞
你依然昂首在太平洋
引領我們前進

二〇一八年七月三十日，新北

至今仍執迷不悟

這昏君雖解甲了
仍不甘寂寞
到處趴趴走
大學兼課
到處演講
助選站台
還得意撰寫鬥爭政敵的回憶錄

獨裁者不斷強調
唯有承認九二共識
才能共享和平繁榮
一九九二年
歷史告訴我們
只有會談
沒有共識

這昏君不斷宣稱
唯有九二共識一中各表
才是台灣救命符
但獨裁者不斷重申
只有一中原則
沒有一中各表
這昏君像喝了迷魂水
至今仍執迷不悟

二〇一八年七月三十日，新北

行使緘默權

——給官司纏身的馬前總統

你防禦的舌頭
死守口腔裡
檢察官偵訊整個下午
仍不見你嘴巴裂開

一大堆媒體
死守偵訊室外
你防禦的舌頭
依然躲在口腔裡

二〇一八年八月一日，台北

這座山有風

這座山有風
過了那座山
只剩山嵐了

一朵自戀的茶花
再過幾天
就會自行卸妝

一座不起眼的山湖
一隻蜻蜓在奮力滑水
把遠山從中滑出晃蕩的兩岸

二〇一八年八月二日，新北

生活於窗台上花草

生活於窗台上花草
頻頻遭受蠻橫東風凌虐
因而失序，因而驚惶

明知它生活窗外是環境使然
不忍它時時遭受野蠻東風霸凌
但它卻不斷呈現婀娜多姿身影

我在完全密封的書房昏昏沉沉
慨嘆沒有清醒的春風勇敢來喚醒
整個下午，《金剛經》僅讀半句

二〇一八年八月三日，嘉義／梅山

你還有多少懸念

地球生病了
花提早大笑大哭
北極熊失去冰原
春天就這樣過去了
你還有多少懸念？

人在圍籠裡
冷氣廿四小時運轉
仍感覺沒任何涼意
夏天就這樣過去了
你還有多少懸念？

吃著越來越化學月餅
剝開越來越不香甜柚子
烤肉煙火把整個月亮遮掩

秋天就這樣過去了
你還有多少懸念？

化妝越來越怪異的萬聖節
消失在中國霾害籠罩的街頭
冬天就這麼來了
可否大聲告訴我
你還有多少懸念？

二〇一八年十月三十日，台北

流光已流盡你青春

蟬依止在整季炎夏枝頭上
禪行止在人煙罕至寺廟裡
露水如蟬聲剎那全盡消失
了悟禪境是無聲勝於有聲

時光深藏你體內醞釀演進
進行無形無情無止盡掠奪
你渾然不知而沒細微察覺
亮麗外表絕無法抵抗歲月

你沒天生慧根與深奧靈魂
永遠不知有前世今世來世
在意鬢角飛霜與深刻皺紋
而輕忽流光已流盡你青春

二〇一八年八月六日，新北／板橋

一粒松子

若你沒靜下心
是不可能聽見
一粒松子
碰撞地球的心聲

一粒松子成熟
最後投奔土地
只有安靜的天地知道
只有靜下心的你體會

二〇一八年八月八日，新北／土城

歲月

昨日離去的影子
今日又回來了
只是昨日影子裡
多了一片秋葉

昨你頭髮還烏溜溜
今怎麼突然全白了
最近，你常常提起往事
也時常忘東忘西

二〇一八年八月十日，新北／土城

白衣大士

晨起
在雲峰
看見祂搭乘青龍
下凡人間

一生中
看過祂兩次
一次父親辭世
一次今天凌晨

祂一身白衣
法相慈悲
就這麼
從雲峰下降凡間

我雙手合十
跪在人間塵土
雙眼早就被洶湧淚海
淹沒

二〇一八年八月十一日，農曆七月一日／新北

吳哥窟

你一睡就是四百年
一覺醒來也是四百年
四百年前的你，我不在
四百年後的你，我存在
你存在，我不在
我不在，你還在

二〇一八年八月十二日，新北

白雲與鷺鷥

你是飄泊天際的白雲
被無邊無際藍天收留
我是倒映水田的鷺鷥
被水汪汪的水田接納

藍天與水田
都是短暫驛站
天暗，風吹來
所有純潔都不復存在

你天際飄泊
我遠離凡塵
沒什麼捨不得
沒什麼放不下

二〇一八年八月十二日，嘉義

及時雨

在想你，
你就來。
我回頭，
你又走。
你的歌，
誰來唱？
你的淚，
誰來拭？

二〇一八年八月十四日，新北

野柳女王頭

你日漸消瘦的頭顱
終究無法抵抗歲月風雨
不知哪天你會突然斷頭
讓我們為你擔憂

專家建議
用奈米為你治療
或以民調方式
決定你的去留

你是我們共同記憶
你若斷了頭
我們肯定會搖頭

二〇一八年八月十五日，新北

耳鳴

耳畔
不知何時
出現來路不明的蟲鳴

長久以來
一直想把它從腦海掏出
可它已根深蒂固

醫生束手無策
最後建議——
與它和平共處

就這樣
一直把耳畔的蟲鳴
當成睡前的交響樂

二〇一八年八月十五日，新北

寫詩

紙頁
只有幾個字
卻讓我
斷了幾叢白髮

如何
在幾行字
讓你
一輩子都記得

二〇一八年八月十七日，新北

風，終於鬆手

風是自由行者
無法將它綑綁

風，終於鬆手
不再抓樹的頭髮

風，終於放下身段
跑到溪中戲水

二〇一八年八月十七日，新北

放空一切

在春夏
拜訪樹的家族
它們巨大綠傘
撐滿整個天空

在秋冬
探望樹的家族
它們放空一切
把罣礙都歸還土地

二〇一八年八月十八日，新北

遲早會被時間戳穿

雲層太厚
致使陽光無法普照
頑石太硬
致使水滴無法穿透

太厚或太硬
遲早會被時間戳穿
不偏左，不偏右
中庸是永恆之道

二〇一八年七月三十一日，新北

普渡

（一）

農曆七月
在街頭巷尾
在社區公寓
普渡筵開

供養
看不見無祀孤魂
特別奉請焦面大士爺
到場作主監普

這樣
都吃得到
都拿得到
不會相互搶奪

普渡圓滿結束
就請各回本位
回到自己靈山
最好能得諸佛菩薩慈悲接引
往西方極樂淨土
離苦得樂，早證菩提

若都不成
請勿逗留人間
成為餓鬼
到處抓交替

（二）

農曆七月上山
普渡山中無祀孤魂
途中逢遇大雨

來不及穿雨衣
而全身濕淋淋

想及無祀孤魂
在山上普渡
大雨阻擋不了我前進

當抵達山上
雨也停了
如它們逐展笑顏
歡喜享用供品

（三）

農曆七月
何以到處吹起陰森森冷風
飄蕩無以名狀的縷縷青煙
何以鬼火到處閃爍
問世間還有多少鬼魂在漂流？

睽違一年
才能享受這豐富供品
竟要面對接二連三颱風來攪局
懺悔在世間沒好好修為
今世才淪為孤苦的幽魂

二〇一八年七月二十九日，農曆七月／新北

有一種苦

有一種苦
在天涯
巡弋

有一種淚
在海角
牽掛

能不能
把你所有的苦
承擔

能不能
把你所有的淚
攔截

天上的星
人間的淚
都是亮晶晶

二〇一八年八月二十三日，新北

跟著時代前行

年輕時
腳程大又矯捷
現老了
腳步小又緩慢

回想年輕
看待事情太天真
現老了
多了幾層深慮

雖老了
也要跟著時代前行
要是野蠻惡鄰來欺負
肯定用這老命跟它拚

二〇一八年八月二十四日，新北

閒看翻滾千丈波

黑暗
隨時淹沒
沒有堅強意志的你

功名
立即利誘
沒有高潔志向的你

兩鬢白
中年過
人間榮辱要看破

遠紅塵
離是非
閒看翻滾千丈波

二〇一八年九月十五日，新北

窗口

你窗口多大
望出去的世界
就有多大

你的心量
是遠近伸縮鏡頭
你的心眼
是合而為一的焦距

井底觀天，心胸狹隘
你世界永遠窄小
跳脫不出小人國

二〇一八年八月二十八日，新北

海岸邊

海岸邊
幾朵野花
每天迎向
失去理性的海風
它們不停地顫慄
芬芳早就失魂

面對昨日死亡
迎接今日新生
終於看見海風放低姿態
在柔情親吻
不再蠻橫拆散
它們迷人的芬芳

二〇一八年八月三十日，新北

夢有灰燼嗎？

夢有灰燼嗎？

昨夜之夢
今晨醒來
有的忘記，有的記得

記得的
應是夢的灰燼
還有餘溫……

二〇一八年八月三十一日，新北

佛前的光明燈

不寐之火
撐起
暗夜重量

怕一闔眼
無邊的黑
即刻崩塌

二〇一六年八月三十一日，新北

陽光

你君臨天下
黑暗一掃而空
有些角落仍存在
見不得的猥瑣

這渾沌世界
哪有全由光明指揮？
這悲苦人間
哪有全由黑暗統治？

你君臨天下
黑暗倉皇而逃
但有些地方
未必都能照亮

二〇一八年九月一日，新北

水的流動

水的流動
永遠是平的
除非風來攪局
讓水有時光皺紋

你架設連綿的鐵絲網
無非是防止他人侵入
卻是牽牛花
最愛攀爬而高歌所在

每一面牆
無論高或矮
只要有光蒞臨
都會充滿笑容

二〇一八年九月二日，土城／清水星巴克

今晚月光

今晚月光
從窗外
偷偷溜進我房

輕問月光
為何沒經同意
偷偷溜到我床

整晚
它默不回答
一直到天光

二〇一八年九月二十二日，嘉義

相信公理正義可喚回

一股不可預知的紅色寒流
從南到北
不可阻擋
突然遮蔽人民眼耳鼻舌身
一時之間
許多人被無明襲捲而不知
公平正義似乎被摧毀殆盡
往昔先賢辛勤血淚幾乎白流

請你一定要相信
相信公理正義可喚回
這股背後紅色寒流
絕對是虛幻不實
肯定是不可依靠
相信台灣會穩住民主腳步

繼續朝向美麗太平洋
勇敢奮力往理想邁進

二〇一八年十一月二十六日，新北／台灣九合一地方選舉後

寒流總是會過去！

不管你怎麼說——
「高雄又窮又老，要變成全台首富」，
寒流總是會過去！

不管你怎麼說——
「北漂青年返鄉」，
寒流總是會過去！

不管你怎麼說——
「愛河邊蓋愛情摩天輪及愛情產業鏈」，
寒流總是會過去！

不管你怎麼說——
「在太平島開發石油減債」，
寒流總是會過去！

不管你怎麼說——
「要開放賭場，低價醫療觀光」，
寒流總是會過去！

不管你怎麼說——
「不准意識形態的集會遊行」，
寒流總是會過去！

不管你怎麼說——
「要讓高雄十年人口變５００萬」，
寒流總是會過去！

不管你怎麼說——
「老青共住，開放中資買房」，
寒流總是會過去！

不管你怎麼說——
「有人要暗殺我」，警方查出ＩＰ在東南亞
寒流總是會過去！

不管你怎麼說——
「把中油廠區改為賽馬場」，
寒流總是會過去！

不管你怎麼說——
「當選若貪污放棄假釋，在牢裡關到死」，
寒流總是會過去！

不管你怎麼說——
這四年請努力實踐，
若不成，就鞠躬下台！

二〇一八年十二月五日，新北

二〇一八冰冷歲末

二〇一八冰冷歲末
整個下午
在無人崖岸
靜靜微細觀察
時間的流水

我的童年
我的少年
我的中年
我的初老
都在時光無心漩渦裡
掙扎並吶喊

二〇一八年十二月三十日，新北

〈後記〉

（一）

依出版順序，《霧，鎖港了》是我第四部詩集，確切說來算是我第二部詩集。前二部詩集：第一部《春夏秋冬是你的臉》（一九八一年五月出版，64頁），第二部《人牆與鐵絲網》（二〇〇〇年三月出版，500頁），相較而言，兩部詩集出版頁數竟相差400頁。就我目前個人詩觀，第一部詩集出版是屬年少青澀之作，談不上什麼詩藝，完全藉助詩歌直抒情感，想到哪就寫到哪裡。當時，因出版倉卒不夠周延，比起前作第二部詩集，在詩藝方面稍有長進，但仍然以抒發奔騰的情感居多。在此部詩集之中，記錄不少當時台灣社會所發生重大事件，如果將來時間允許，將重新修訂再精選出版。我又想，或許這些詩作能為台灣社會留下時代的見證，傳達底層人民的心聲。如〈人牆與鐵絲網〉、〈一九九九年台灣921大地震〉、〈選舉組曲〉等詩輯。

（二）

二〇一七年十月中旬，我出版了詩集《永遠不敢伸出圍牆》，期許自己能每年出版一部詩集，但這雄心大志卻因保全工作繁重而放棄。畢竟時間非常零碎，寫詩往往透過靈光乍現，藉由詩神眷顧降臨，隨即掌握詩之準星而快速書寫。其中，多首詩作都不是在書桌上完成，而是在工作中抽空奮然寫就，但多半為短詩。每思及自己到了這種年歲還能繼續創作，已屬幸運，更應該埋頭創作才是。此外，我經常告誡自己在詩藝上要精益求精，不可因為較著重閱讀而疏於詩創作。幸好，平日有摯友振瑞不斷鼓勵敦促，促使這部詩集才得以早日出版。

（三）

這部詩集收錄我二〇一二至二〇一八年間詩作約300首，大部分詩作在自己臉書社群發表，我依然要盡力記錄台灣這些年來社會所發生不公不義現象，給予強烈的批判。基本上仍然維持自己一貫的寫實風格，力求詩藝臻於完美。雖然自知詩才淺薄，這也是我多年以來努力實踐的目標。不苛求得到什麼名聲，只求自然寫實而不矯情做作，不依附任何權勢去歌功頌德。對於當權者或獨裁政權走上歧路，身為詩人就應該及時反映出來，不可失去批判的勇氣，甚至提醒自己，儘管心中充滿悲憤，都不可讓詩作淪為無謂吶喊。

最後，要衷心感謝好友邱振瑞再度為拙作撰序，以及秀威資訊文學主編鄭伊庭小姐與石書豪先生鼎力協助編輯，在此用申謝忱。

二〇一九年一月十五日

何郡　寫於台灣新北

語言文學類　PG2258　秀詩人59

霧，鎖港了
——何郡詩集（2012-2018）

作　　者／何　郡
責任編輯／石書豪
圖文排版／林宛榆
封面設計／蔡瑋筠

發 行 人／宋政坤
法律顧問／毛國樑　律師
出版發行／秀威資訊科技股份有限公司
114台北市內湖區瑞光路76巷65號1樓
電話：+886-2-2796-3638　傳真：+886-2-2796-1377
http://www.showwe.com.tw
劃撥帳號／19563868　戶名：秀威資訊科技股份有限公司
讀者服務信箱：service@showwe.com.tw
展售門市／國家書店（松江門市）
104台北市中山區松江路209號1樓
電話：+886-2-2518-0207　傳真：+886-2-2518-0778
網路訂購／秀威網路書店：https://store.showwe.tw
國家網路書店：https://www.govbooks.com.tw

2019年5月　BOD一版
定價：500元

國家圖書館出版品預行編目

霧鎖港了：何郡詩集(2012-2018) / 何郡著. --
一版. -- 臺北市：秀威資訊科技, 2019.05
面； 公分. -- (語言文學類；PG2258)
(秀詩人；18)
BOD版
ISBN 978-986-326-689-1(平裝)

863.51 108007138

讀者回函卡

感謝您購買本書，為提升服務品質，請填妥以下資料，將讀者回函卡直接寄回或傳真本公司，收到您的寶貴意見後，我們會收藏記錄及檢討，謝謝！
如您需要了解本公司最新出版書目、購書優惠或企劃活動，歡迎您上網查詢或下載相關資料：http:// www.showwe.com.tw

您購買的書名：________________________________

出生日期：________年________月________日

學歷：□高中（含）以下　□大專　□研究所（含）以上

職業：□製造業　□金融業　□資訊業　□軍警　□傳播業　□自由業

□服務業　□公務員　□教職　□學生　□家管　□其它____

購書地點：□網路書店　□實體書店　□書展　□郵購　□贈閱　□其他

您從何得知本書的消息？

□網路書店　□實體書店　□網路搜尋　□電子報　□書訊　□雜誌

□傳播媒體　□親友推薦　□網站推薦　□部落格　□其他________

您對本書的評價：（請填代號　1.非常滿意　2.滿意　3.尚可　4.再改進）

封面設計____　版面編排____　內容____　文／譯筆____　價格____

讀完書後您覺得：

□很有收穫　□有收穫　□收穫不多　□沒收穫

對我們的建議：________________________________

____

____

____

請貼
郵票

11466
台北市内湖區瑞光路 76 巷 65 號 1 樓
秀威資訊科技股份有限公司 收
BOD 數位出版事業部

(請沿線對折寄回，謝謝！)

姓　　名：________________　年齡：________　性別：□女　□男

郵遞區號：□□□□□

地　　址：____

聯絡電話：(日)________________　(夜)________________

E-mail：____